Le vieux monde derrière nous

Olivier Kemeid

Le vieux monde derrière nous

ARTHAUD

Le vieux monde derrière nous

82, rue Saint-Lazare
CS 10124
75009 Paris

ISBN : 978-2-0804-5688-5

« Dirigez-vous toujours vers les endroits
que vous ne connaissez pas. »

Anonyme, Mai 68

« Cours, camarade,
le vieux monde est derrière toi ! »

Anonyme, hall du grand amphithéâtre
de la Sorbonne, Mai 68

1

S'il s'était envolé dix jours plus tôt, il aurait peut-être eu pour voisin de siège un homme dans la quarantaine, grand, mince, bien habillé, sans être particulièrement beau, un peu nerveux, lui aussi ayant vécu à Montréal, mais juste un été, le fameux été de l'Exposition universelle, sur son passeport est écrit Ramon George Sneyd, mais on le connaît également sous le nom d'Eric Starvo Galt, il se rend tout de suite à Lisbonne après son arrivée à Londres, séjourne au Portugal une dizaine de jours, puis revient à Heathrow avant de se rendre cette fois en Belgique, à première vue comme ça on pourrait dire que c'est un nomade, un voyageur, un homme en quête, mais dans son cas il s'agit plutôt de fuite étant donné qu'il est recherché par toutes les polices du monde, qui finissent par lui mettre la main au collet à l'aéroport de Londres, car James Earl Ray de son vrai nom est accusé d'avoir tué un pasteur il y a deux mois, et ce pasteur s'appelait Martin Luther King.

Pourquoi ce Ray était passé par Montréal, nul ne le sait, à part le fait que la racaille nord-américaine a toujours été attirée par l'une des plaques tournantes du trafic de drogue sur le continent, foyer ardent de la mafia italo-américaine, cette attirance pourrait permettre à la ville de s'enorgueillir, si tant est qu'on puisse se vanter d'un tel exploit, d'avoir hébergé, même brièvement, les trois assassins d'hommes politiques américains, soit, outre James Earl Ray, Lee Harvey Oswald en juin 1963 et John Wilkes Booth en octobre 1864, mais le jeune homme de vingt-deux ans qui vient lui aussi de quitter le Canada pour gagner l'Angleterre ne songe pas aux meurtriers de Martin Luther King, John F. Kennedy et Abraham Lincoln, trop occupé à combattre ses préjugés immenses envers la ville que survole son avion, pôle de l'oppression coloniale, capitale d'empire à l'aura maudite pour cet indépendantiste forcené, siège de la domination économique, culturelle, politique.

Le climat est à l'avenant, comme on peut s'y attendre : il fait dix degrés, la brume se mêle aux nuages bas venus écraser sa tête frêle, le froid se fait pénétrant, *la Tamise est sale*, écrit-il, et le tout *ressemble énormément à Montréal*, ce qui ne semble pas être positif dans les mots du Montréalais. Malgré cela, il trouve les Anglais polis et serviables. Il faut dire qu'il manie parfaitement la langue de Shakespeare, lui qui a été cantonné dans les écoles anglophones dès son arrivée à Montréal, parce qu'immigré, parce que provenant de pays jugés très moyens et pas mal orientaux, « Le Christ lui-même – s'il a existé, Dieu me pardonne – avait davantage mes traits que les vôtres », avait lancé son père à un frère instituteur de la commission catholique, mais rien n'y fait, « *go with the flow* », c'est-à-dire « *with the deepee* », D. P. pour « *displaced persons* », ce doux vocable de l'après-guerre regroupant au début tout ce que la terre comptait de damnés, Polonais, Estoniens, Lituaniens, Lettons, Arméniens, Juifs, Grecs, Russes, Ukrainiens, Tchécoslovaques, Yougoslaves, et par la suite élargi à ceux qui n'étaient pas issus du sol natal, Moyen-Orientaux, Italiens, et bientôt les immigrés belges venaient renforcer les rangs des « *deepee* » parqués dans les classes anglophones de Montréal, écœurés de se faire tabasser dans les cours d'école à cause de leur accent. On ne croyait pas à la francophonie de ces Syro-Libanais passés par l'Égypte, à ces maronites au langage fleuri, certes leur français était impeccable mais, comme pour les Arméniens, on ne sait jamais avec ces polyglottes, l'accent ne se détecte pas facilement et ces métèques peuvent se camoufler sous des langues qui leur sont totalement étrangères. Pire que l'étranger : l'étranger qui se dissimule et feint de ne pas l'être.

Son but est de traverser l'Europe avant de rejoindre les rivages de l'Orient. Un projet des plus flous, des moyens limités, l'ambition grande : détenteur d'une bourse octroyée par l'Université McGill, le jeune étudiant en architecture a préféré prendre l'oseille et se tirer hors les murs afin de parcourir le monde, plutôt que se taper des cours d'ingénierie en bâtiment. Pour l'instant, son vol de retour est prévu dans quatre mois, mais il pourrait le décaler. Seize ans après l'émigration de ses parents au Canada, il a en tête de poursuivre ses études en architecture à l'Université Saint-Joseph de Beyrouth, fondée par les jésuites en 1875, afin entre autres de réapprendre une langue maternelle qu'il a oubliée à force de ne plus la pratiquer : l'arabe. Mais pourquoi faire simple quand on peut faire compliqué, en épiçant l'aventure d'un soupçon de romantisme : avant de toucher les cimes neigeuses du mont Liban, il lui faut du Danube bleu et la Vespa d'Audrey Hepburn.

Le plan de mon père est donc de rallier le Levant en scooter, tout simplement.

*

La Grande-Bretagne pré-Brexit n'est pas en Europe, elle ne l'a jamais été et ne le sera jamais, au jeune homme il faut du continent, de la terre ferme, afin de commencer proprement son odyssée. À Londres, il ne prend pas même le temps de rédiger une carte postale en sirotant une bière ou un thé, saute dans le premier train vers le Sussex, moui pas mal la campagne anglaise mais il s'en fout, il n'a d'yeux que pour le sol eurasien. Il embarque à Newhaven sur le ferry direction Dieppe.

En effectuant cette traversée, s'il pense à autre chose qu'à son périple européen tout juste entamé, ce doit être à sa propre route de l'exil qui lui fit traverser la Manche une première fois, du Havre, très exactement, dernier port avant l'arrivée à Québec, à l'automne 1952, lorsque sa famille quitta Le Caire dans la foulée de ce qu'on appelait « la » Révolution et qui, depuis le Printemps arabe, devait porter le nom de « Première Révolution », celle qui mena Nasser au pouvoir et fit fuir de nombreuses minorités confessionnelles de l'Égypte. Partis en bateau d'Alexandrie, abordant Naples – si pauvre en regard du Caire que mon père âgé de six ans en avait eu pitié, « tu sais il n'y avait pas de rues, c'était de la terre battue, pas une auto, juste des calèches, et les Napolitains, ils avaient l'air plus arabes que nous » –, puis Marseille, « Le Caire mais en beaucoup plus mal famé », ils avaient pris le train jusqu'à Paris pour aller visiter tante Évelyne et tante Isis, « Ne parle pas trop arabe ici mon enfant s'il te plaît » avait exigé tante Évelyne, « Ah il y a une révolution aussi ? » avait demandé le petit, « Non pourquoi tu dis ça ? », « Parce qu'au Caire maman m'avait dit de ne plus parler français » avait répondu le petit ; tante Évelyne dont l'égyptianité fut si enfouie sous des sables imaginaires que même employée comme guide du Département des antiquités égyptiennes du Louvre elle continuait à taire ses origines, « Mais de quoi as-tu honte, rétorquait mon grand-père, nous ne sommes pas des Maghrébins à ce que je sache », ah délices des méandres du sous-racisme biscornu, l'humiliation suprême pour ces maronites étant d'être mis dans la même valise que les Algériens – « tous des brutes » –, les Marocains – « tous des marchands véreux » –, les Tunisiens – « bien braves mais limités ». Et de Paris encore soumis aux tickets de rationnement en octobre 1952, toujours pas remis de la guerre les pauvres constatait mon grand-père, dans ce Paris où être arabe commençait à ressembler à une espèce de défi lancé contre ce que Shakespeare appelle « *the great chain of being* », les Kemeid plaignent tante Isis et tante Évelyne, dont les appartements sont ceux de « boniches », elles qui rue Soliman Pacha, à grand renfort de domestiques, chauffeurs, jardiniers, n'avaient jamais allumé un rond de poêle, on y reviendra en touriste à Paris, ça vaut mieux, juge mon grand-père, cela dit il y a pire que Paris, Londres par exemple, Londres il n'y pense même pas, il a assez connu l'occupation britannique en Égypte pour savoir que l'ascenseur social restera irrémédiablement bloqué, en France on peut faire semblant de n'être pas trop arabe et presque se bâtir une vie convenable, tandis qu'en Angleterre, on va être foutus avec les Indiens et les Pakistanais avant d'apercevoir la Tamise, et pas un seul de nos descendants n'aura le droit de tenir une raquette de tennis en socquettes blanches, je ne sais pas s'il exagère mon grand-père mais ce que je sais, c'est qu'un mois avant l'arrivée de mon père dans la City le 17 mai 1968, les dockers se sont mis en grève en proclamant « *Don't knock Enoch* », pour protester contre la sanction appliquée à l'encontre d'Enoch Powell, un député ouvertement raciste qui réclame l'interdiction de l'immigration des gens de couleur, il précise le teint de la peau, ça permet d'éliminer toute équivoque, il nomme les anciennes colonies de l'Empire, ce réservoir d'immigrants qui vont envahir la pauvre Albion et enlever les *jobs* aux ouvriers, il a des visions apocalyptiques, Enoch, il voit comme chez les Romains le fleuve Tibre écumant de sang, son discours devient celui des « *Rivers of Blood* », et ses appuis à Londres sont nombreux, pas juste chez les dockers, vingt-sept jours après ce discours prônant ouvertement la haine raciale un petit basané qui a l'air vaguement libano-turco-syro-métèque débarque, et je comprends maintenant pourquoi dans sa première carte postale il s'étonne de la gentillesse des Anglais, alors qu'il redoutait sans doute la ratonnade appliquée aux gens de sa complexion.

Mais dans ce cas pense-t-il à eux, Gil qui du haut de ses vingt-deux ans a leur âge, je n'en suis pas si sûr car il n'en fera nulle mention ni dans ses cartes postales ni dans ses souvenirs narrés, pourtant il n'y a que vingt-six petites années qui se sont écoulées depuis ce jour fatidique du 19 août 1942 où, appareillant eux aussi de Newhaven pour Dieppe, près de mille Canadiens perdirent la vie en huit heures, et où deux mille furent faits prisonniers, chiffres jugés dérisoires en regard du grand débarquement qui allait suivre deux ans plus tard ; le raid de Dieppe mené majoritairement par des militaires canadiens fut non seulement le brouillon du Jour J, une sorte de répétition générale, mais aussi l'un des épisodes les plus tragiques de l'histoire militaire canadienne.

Il a déjà été assez bassiné par ces récits sortis de la bouche de son père, et puis il a sa propre quête qui l'habite entièrement, Gil Kemeid, j'en ai donc conclu qu'en ce jour du 17 mai 1968 il ne pensait pas à ces jeunes gens, pas plus qu'il ne pensait à la Seconde Guerre mondiale dans son entièreté, mais une récente découverte m'a prouvé le contraire. Plongé en plein ménage du vestiaire dans la maison familiale, je tombe sur un petit laminé accroché au mur, derrière la porte, caché, presque impossible à voir, je ne sais pas ce qu'il fait là. Ça ressemble à un article de journal. Mon père y a écrit au feutre bleu : 18 juin 1990, *Le Monde.* C'est un texte de Claude Sarraute, femme de lettres, journaliste, fille de l'écrivaine Nathalie Sarraute. Perçue comme frivole par les journalistes du *Monde* dits sérieux, elle avait été affectée aux variétés et à la télé jusqu'en 1984, lorsque le directeur André Laurens décida de décoincer un peu son austère canard. Et le voici confiant deux colonnes de sa dernière page, en haut à droite, à cette pétroleuse irrévérencieuse, pour un billet quotidien intitulé « Sur le vif », qui deviendra célèbre en réalisant le rêve de tout chroniqueur, c'est-à-dire posséder une chronique qui défraie la chronique. Face à la lourde tâche qu'elle a de pondre un texte par jour, un vieux de la vieille conseille à Claude Sarraute de penser à sa première phrase avant de se coucher le soir, cette fois il s'agit de « Maréchal, pardon, général, nous voilà ! », et son billet du 18 juin commémore bien sûr le cinquantenaire de l'appel du général, conspue Pétain et sa Mecque de Vichy où « quarante millions de pétainistes se prosternaient devant ce vieillard sénile », elle sait de quoi elle parle, Claude Sarraute, dont la mère d'origine juive russe, dénoncée à trois reprises, doit se cacher avec ses filles en région parisienne, à l'exception de Claude qui reste à Paris avec son père, la famille ira acclamer de Gaulle sur les Champs-Élysées à la Libération, mais ce qui attire mon attention, ce sont ces quelques lignes à propos du raid de Dieppe, « faut-il rappeler qu'en 1942 encore, en voyant arriver sur nos plages, lors d'une première tentative de débarquement, quelques centaines de jeunes soldats canadiens », des milliers en fait, « des Dieppois ont couru donner l'alerte à la Kommandantur, encourageant ainsi un massacre dont les Alliés allaient garder jusqu'en 1944 le souvenir méfiant et angoissé ». Une accusation sans doute injuste, les historiens sauront mieux que moi en débattre, on sait cependant que des tracts britanniques jetés par avion encourageaient les habitants à rester chez eux en sécurité, précisant que le grand jour de la libération n'allait pas encore advenir ; le Führer s'émut de cette passivité et accepta de libérer des prisonniers dieppois en reconnaissance de l'attitude de la population civile, mais entre vous et moi il célébrait ce qui était pourtant désiré par les Alliés, plus que toute autre chose, et ce raid mal préparé en tous points n'avait pas eu besoin de délation civile pour se faire remarquer par l'ennemi.

Gil avait-il conservé cette chronique parce qu'on y mentionnait le sacrifice de jeunes Canadiens ? Ou se souvenait-il de son propre trajet, du début de son odyssée, de son débarquement personnel en ce jour du 17 mai 1968 et mon idée très romantique d'une innocence, d'une candeur imprégnant cet été de tous les possibles a oblitéré la réalité d'un jeune homme qui, malgré ses vingt-deux printemps, malgré ses obsessions, ses quêtes identitaires, sa passion forcenée du voyage, de l'errance, sa volonté de s'extraire du cours du temps, n'en était pas moins conscient de l'Histoire, celle qui l'avait formé, celle qui l'avait déformé, celle dont il tentait, comme nous tous lorsqu'elle devient fardeau, de s'affranchir.

2

Le débarquement en Normandie de Gil Kemeid a lieu quelques heures après la traversée glaciale de la Manche, sous cinq degrés au soleil. Il trouve la ville jolie, va voir le château construit pour protéger la ville des escadres anglaises, celles du Moyen Âge comme celles des guerres mondiales, très beau lorsqu'illuminé la nuit, écrit *je t'aime* à sa compagne sur sa première carte postale, la timbre, l'envoie, va se coucher. Le lendemain, consternation : une révolution que personne n'avait prévue est en train de se produire.

Savait-il que depuis le 1er mai des fissures importantes commençaient à lézarder la digue sociale ? Oui, sans aucun doute, les nouvelles s'étaient répandues par-delà les océans, s'inscrivant dans un vaste mouvement planétaire, mais justement, rien de trop spécifique à la France dans les débuts car à Berlin, Francfort et Liège des manifs avaient eu lieu le 6 mai ; ce qui a attiré l'attention de Gil deux semaines avant son départ, ce ne sont pas les tentatives des trotskistes et prochinois français qui affrontent le service d'ordre de la CGT lors du défilé du 1er mai, inaugurant officiellement l'éclatement de l'outre-gauche française, non, c'est plutôt vers New York que son regard s'est tourné : le 30 avril à l'université Columbia, bastion blanc aux frontières d'Harlem, des étudiants noirs ont sorti les Blancs d'un bâtiment, qu'ils occupent désormais, en le baptisant « Malcolm X Hall », comme à Nanterre ils exigent le droit de pouvoir recevoir des filles dans leur dortoir, condamnent la guerre au Vietnam, dénoncent le racisme ambiant, Malcolm X Hall devient l'épicentre d'une petite révolution qui attire entre autres Norman Mailer et Susan Sontag, et le 30 avril cette agitation prend fin, la police intervient à coups de hache, il y aura cent blessés et sept cents arrestations.

Pour le résumer simplement : dans la tête de Gil et de nombreuses personnes sans doute, l'agitation de mai en France va prendre fin sous peu, le temps que la police se décide à être véritablement répressive et emprisonne tous les agitateurs, sans distinction. Quelques signes sont cependant inquiétants, comme en ce jour du 3 mai où le périmètre sacré de la Sorbonne, le sanctuaire en somme, a été violé par la police, qui a embarqué six cents étudiants, ce jour où les premiers gaz lacrymos ont été balancés par les forces de l'ordre, où le premier pavé a volé pour atterrir dans le pare-brise d'un car de police, où le brigadier Brunet a été blessé, et où très vite le Quartier latin a été passé à la bastonnade. Mais rien d'assez grave aux yeux de mon père pour le pousser à annuler son vol du 16 mai, ni forcer le général de

Gaulle à prendre la parole publiquement, pour l'instant pas question de céder, sept étudiants sont interpellés, quatre d'entre eux écopent de deux mois fermes de prison, trois jours plus tard les facultés sont fermées, le matin les étudiants sont mille cinq cents à défiler boulevard Saint-Michel, à midi ils sont cinq mille à Jussieu, à quinze heures les premières barricades sont érigées place Maubert, en soirée ils sont quinze mille à l'Odéon, ça commence à jouer fort contre les CRS, on dénombre huit cent cinq blessés dont quatre cent soixante parmi les manifestants, « il n'est pas possible de tolérer la violence dans la rue » déclare le général le lendemain, mais rien n'y fait, les étudiants sont maintenant vingt mille place Denfert-Rochereau, le premier numéro d'*Action*, le journal de l'insurrection, paraît, des dispersions sont ordonnées par le préfet de police Maurice Grimaud, celui qui a succédé à un autre Maurice, Papon celui-là, collabo de la première heure qui envoya des Juifs de France à Drancy et sera inculpé pour crimes contre l'humanité, si Papon avait été à la tête de la préfecture de police en mai 1968 il y aurait eu sans aucun doute une boucherie, il faut remercier le ciel que le destin en ait décidé autrement et placé le bon Maurice à ce poste névralgique, Grimaud qui a connu des accointances gauchistes dans sa jeunesse a les jeunes manifestants en affection, certes paternelle mais affection quand même, « après tout ils n'étaient pas si loin de mes idées quand ils commencèrent à brûler les voitures » confessera-t-il un jour, Grimaud qui rappelle que frapper un manifestant à terre en tant que policier, c'est se frapper soi-même, Grimaud qui croit que Cohn-Bendit a le droit de revenir en France, mais pour l'instant Cohn-Bendit n'est pas encore expulsé, prenez le boulevard Montparnasse les jeunes qu'il leur dit Grimaud le 7 mai, et ils se dispersent les jeunes, puis se retrouvent sur les Champs-Élysées, ils sont quarante mille désormais, parce que se sont joints des jeunes de banlieue qu'on n'appelait pas jeunes de banlieue à l'époque mais blousons noirs, mais ça faisait aussi peur, et des enseignants, et des syndicats, et même des lycéens, eh quoi bientôt des maternelles ? raillent les ministres, ça chante *L'Internationale* devant la tombe du Soldat inconnu au pied de l'Arc de triomphe, ô geste honteux, le lendemain ça sent tellement le roussi que les deux leaders du mouvement, Alain Geismar et Jacques Sauvageot, tentent de négocier avec la police pour défiler pacifiquement cette fois, ils sont conspués par leur base, la gauche politique par la voix de Mitterrand tente de récupérer le mouvement et de profiter de la dynamique favorable, la société qui se moque de la jeunesse a toujours tort affirme-t-il dans l'indifférence générale car les jeunes s'en foutent de Mitterrand, le 9 mai Geismar et Sauvageot font leur autocritique, désolés les gars on a eu un moment de faiblesse, c'est bon, on passe l'éponge mais ne recommencez pas leur répondent les étudiants, Aragon vient les haranguer et, magnanime, leur ouvre grand les portes de sa revue *Lettres françaises*, tes lettres françaises tu peux te les mettre où on pense huent cinq mille étudiants, commence par dénoncer

L'Humanité dont les éditoriaux nous dégomment chaque matin, dénoncer *L'Humanité* ? vous n'y pensez pas, vous voulez que je dénonce Moscou aussi pendant que vous y êtes ? fous le camp dans ce cas espèce de vieille barbe, et Aragon fout le camp, et avec lui toute la vieille gauche moisie qui n'a pas fini de porter le deuil de Staline, parlant de Russes les premiers cocktails Molotov font leur apparition, la Seconde Guerre revient en force, sur les murs apparaissent « CRS SS », et « Sous les pavés, la plage ! », que mon père transformera en « La plage plutôt que les pavés » dans quelques jours, ça sent la généralisation de la crise à un point tel que Pompidou décide d'ajourner son voyage en Iran et en Afghanistan, il revient et demande à de Gaulle les coudées franches pour régler le problème, l'incident, l'excitation, le tumulte, on va commencer par rouvrir la Sorbonne, ça va calmer tout le monde, mais ça offusque le général au possible, ouvrir la Sorbonne ce n'est pas du de Gaulle c'est du Pétain aurait-il dit, ce à quoi les murs de la Sorbonne répliquent « L'imagination au pouvoir », Pompidou vient involontairement d'édifier le temple de la révolution, pour montrer son dédain de Gaulle part en Roumanie secouer la main du génie des Carpates en poste depuis trois ans, les velléités d'indépendance du « Danube de la pensée » à l'égard de Moscou charment le général, et puis c'est chic de montrer aux jeunes qu'on s'en cure le képi de leurs frasques, à tel point qu'on préfère se farcir des feuilles de choux à Bucarest, une heure et demie après le décollage de son avion les deux mille ouvriers de Sud-Aviation à Bouguenais près de Nantes se mettent en grève, occupent leur usine et séquestrent leur directeur, Sud-Aviation dont le président se nomme Maurice Papon, oui, le nazillon, « Eh les gars la Sorbonne vous ouvre les portes » chantonnent les étudiants, le lendemain ce sont les quatre mille cinq cents ouvriers de l'usine Renault de Cléon, près de Rouen, qui suivent le mouvement, pendant qu'à Paris des étudiants occupent l'Odéon, cent trente-huit ans après l'occupation des jeunes révolutionnaires des Trois Glorieuses voici l'occupation des jeunes révolutionnaires des Trente Glorieuses, Jean-Louis Barrault les accueille, ce n'était peut-être pas son rêve mais il sait reconnaître le sens de l'Histoire, et puis de toute façon l'avenir appartient à la jeunesse et lui il est issu d'un vieux monde qui se meurt, le grand homme parle de lui à la troisième personne, Jean-Louis Barrault était directeur de l'Odéon Théâtre de France et il ne l'est plus par votre occupation donc il est mort, mais il demeure vivant, que fait-on ? On reste répondent les étudiants, Barrault les laisse et refuse de couper l'électricité comme le lui demande Malraux, Barrault espèce de collabo lui lancera Malraux, qui va le virer après les événements, serviteur oui valet non lui rétorquera Barrault, ce qui est très bien envoyé, avouez, le lendemain au tour de l'usine Renault de Flins de se mettre en grève à quatorze heures, trois heures plus tard Billancourt se met de la partie, et Billancourt ça ne rigole pas car ils sont vingt-trois mille les ouvriers, l'usine Renault de Billancourt représente une ville à elle seule, Gil s'envole pour Londres, et ce qui le stresse, c'est que même les hôpitaux psychiatriques se mettent en grève, comme celui de Sainte-Anne, et si on se met à libérer les fous se dit-il, ça veut dire que plus rien ne tient.

*

Le jour de son arrivée à Dieppe, le nombre de grévistes en France a atteint les trois cent mille. La situation devient sérieuse, mais pas assez pour rappeler de Gaulle de Roumanie, qui avale son troisième bortsch avec Ceauşescu. Le métro parisien est paralysé, le Festival de Cannes s'ouvre comme si de rien n'était mais les états généraux du cinéma français appellent leur milieu à le suspendre, de toute manière les vraies stars ne foulent pas le tapis rouge, elles passent à la télé pour la première fois, elles sont trois, Cohn-Bendit, Geismar et Sauvageot, la France se précipite sur son téléviseur pour enfin voir les chefs de file des enragés, et incroyable, ils ne sont pas crottés, ils s'expriment bien, ils ne crient pas, encore un peu on leur confierait sa fille.

Qu'à cela ne tienne, mon père écrit sa première carte postale, on y voit la rade de Dieppe, un coin du port en fait, où un petit chalutier blanc et bleu embarque une vingtaine de passagers, la carte est intitulée « le départ pour la promenade en mer », Gil y écrit que Dieppe, c'est très beau, ça ressemble à la photo sur la carte, il fait assez frais cependant, douze degrés, mais il n'écrit pas exactement ça car

Le départ pour la promenade en mer
Dieppe

il emploie les Fahrenheit, il écrit *il fait à peu près 55° ici*, encore plus froid à Londres, cinquante degrés Fahrenheit, soit dix degrés Celsius, quant à la Manche, on approchait le point de congélation. *Toute la journée j'ai voulu te dire quelque chose mais l'occasion ne s'est pas présentée, alors je te le dis par carte : je t'aime*, il écrit sensiblement la même carte à ses parents, mis à part un post-scriptum digne d'un fin analyste politique : *Ça va mal en France*, et il souligne.

*

On pouvait presque imaginer que c'était en Europe qu'il avait rencontré la jeune femme à qui il destine ses cartes postales, car le lieu du croisement de leurs trajectoires se trouvait en Allemagne, avec un détail : le Pavillon de la RFA faisait en réalité partie de l'Exposition universelle de Montréal. « Telle une oasis caressée par le vent du désert » nous renseigne la brochure promotionnelle, il consiste en une vaste toile de plastique tendue, supportée par huit mâts et une forêt de câbles d'acier. Les journalistes de l'époque le tiennent pour la merveille architecturale de l'Expo 1967 ; son créateur, Frei Otto, signera la conception du célèbre stade des Jeux olympiques de Munich, mais son entrée dans la culture populaire se fera par l'entremise des ombrelles réalisées pour la tournée américaine de Pink Floyd en 1977. Le pavillon se vante d'offrir à ses visiteurs les travaux du père de la chimie nucléaire, le professeur Otto

Hahn, qui découvrit en 1938 que l'uranium pouvait se fragmenter, ce qui permit Hiroshima et Nagasaki, après lesquels Hahn, se sentant moralement responsable, songea au suicide.

Mais si le visiteur du pavillon de l'Allemagne de l'Expo 1967 n'a rien à faire de la physique nucléaire, nous indique toujours la brochure, il n'a qu'à se perdre parmi les étals présentant les appareils photographiques les plus perfectionnés, dont certains peuvent être apportés dans l'espace ou sous l'eau, il peut également voir un bathyscaphe comme dans *Tintin*, assister au réel fonctionnement de la presse de Gutenberg vieille d'un demi-millénaire, suivre des yeux la déambulation d'un gigantesque train miniature, assister à un concert classique dans un auditorium.

Ce n'est cependant pour aucune de ces raisons que deux jeunes Québécoises étudiantes au Collège Saint-Maurice de la ville de Saint-Hyacinthe, à un peu moins d'une heure de Montréal, niché dans les terres fertiles de la vallée du Saint-Laurent, sont attirées en ce 13 mai 1967 par le pavillon de la République fédérale allemande. Non, la merveille des merveilles n'est pas la fission de l'atome d'où jaillit l'énergie nucléaire mais les fontaines qui permettent l'écoulement de la bière blonde, non pas que la bière pression fût inconnue des Québécois, mais sa consommation en fût n'était possible qu'à la taverne – antre interdit aux femmes à cette époque. Il n'y a donc qu'un seul moyen pour une jeune Québécoise de vingt ans qui désire s'abreuver aux mêmes sources que ses commensaux masculins : « *Willkommen in Deutschland.* »

Elles franchissent l'entrée du Pavillon, je les imagine tout émoustillées, excitées à l'idée d'avoir le droit, elles aussi, de se prélasser dans l'équivalent d'une taverne, émerveillées par l'exotisme, la foule bigarrée, les odeurs, les accents, cette sensation que pour une première fois dans l'histoire de leur pays elles sont au cœur du monde. « Expo 67 » demeure l'une des dates marquantes de l'histoire du Québec. Si on a sans doute tendance à exagérer sa portée, elle a le mérite de symboliser le désir d'ouverture au monde exprimé par les Québécois, et en premier lieu sa jeunesse, en pleine Révolution tranquille – il n'y a qu'au Québec qu'on puisse oser inventer une telle association de termes antinomiques –, c'est-à-dire en pleine mutation sociale et politique, se délivrant entre autres des chaînes du clergé catholique. Plus prosaïquement, ce fut l'occasion, pour des centaines de milliers de jeunes gens, de faire la fête, de goûter pour leur première fois à la pilsner allemande, à l'espresso italien, à la viande séchée des Grisons, à la gaufre belge, au caviar iranien et au pita grec.

Mais avant d'entrer en contact avec les spécialités culinaires du pays, c'est un crachat que les deux jeunes Québécoises ont reçu – j'ose espérer qu'elles ne l'aient pas reçu mais vu atterrir à quelques pas de leurs pieds ; elles ont levé les yeux, ont aperçu parmi les visiteurs accoudés à la balustrade du deuxième étage deux jeunes hommes hilares, joyeux, pas encore saouls mais ça ne saurait tarder, au look vaguement exotique, je dis vaguement car leurs habits semblaient familiers, typiques de ces étudiants de l'Université McGill, peut-être des étudiants étrangers, de passage, ils n'étaient pas tout à fait blancs ni tout à fait de couleur, un peu basanés sans doute, louches certainement, un petit air de Méditerranée ou de bandit ou les deux, mais les jeunes femmes pouvaient-elles s'en douter, elles qui n'avaient jamais vu d'étrangers de leur vie ? Ces deux jeunes hommes ont-ils eu honte lorsqu'elles se sont retournées, tandis qu'ils s'amusaient à cracher sur les visiteurs comme des adolescents attardés ? Est-ce en les voyant, pâles mais lumineuses, cheveux coupés court à la garçonne pour l'une, petites nattes soigneusement tressées pour l'autre, robes courtes d'été dévoilant leurs jambes, rose aux joues, fraîches comme l'espoir naissant, qu'ils se sont sentis à la fois mal et charmés, et les ont invitées à les rejoindre ? Ou sont-ce plutôt elles, à qui on ne la faisait pas, qui ont décidé d'aller leur montrer de quel bois canadien elles se chauffaient, fureur dans les yeux, visage empourpré, la gifle prête à partir ? Quoi qu'il en soit, elles les ont rejoints, et la suite ne se passa pas trop mal. Ce choc initial de deux Québécoises de vingt ans rencontrant respectivement leur premier Italien et leur premier Égyptien forma deux couples : mon parrain et ma marraine, mes parents. Je suis l'un des nombreux enfants d'Expo 67.

*

Un coup de foudre si brutal qu'il ne le comprend pas tout de suite : elle n'est pas son genre, il est encore jeune, et puis il a ce projet de foutre le camp, seul, et pour longtemps, et sans itinéraire précis. Seulement voilà, le destin, les phéromones, la sensation d'avoir trouvé son havre alors qu'on n'a pas eu le temps de partir au large, tout cela se mêle en lui, très vite, le lendemain je crois il lui écrit déjà qu'il veut la revoir, les semaines passent et elle commence à le trouver intense son petit Égyptien trapu, fort bronzé, tignasse noire, un mètre soixante-sept, soixante-huit quand il se met sur la pointe des pieds, elle n'aura jamais le droit de mettre des talons hauts afin de ne pas l'humilier, d'une sociabilité extrême tout en étant un pur sauvage, douceur, gentillesse et altruisme avec les amis, dureté, fermeté et possessivité dans le couple, mais aussi tendre et romantique, elle le voit dès le premier jour la jeune Québécoise, elle comprend tout, ses parents vont la prévenir, ne va pas là, il a d'autres femmes cachées dans son pays ce type à l'air louche, maman il est catho, n'importe quoi un Arabe catho et quoi encore, voilà la preuve de sa fourberie, c'est pour mieux cacher ses enfants en Égypte, maman il est arrivé ici il avait six ans, et puis ? Il roule ses « r » avait lancé sa mère, toi aussi lui avait répliqué sa fille, et c'était vrai, ils roulaient leurs « r » mes grands-parents mais à la canadienne-française, façon clergé vieux latin de messe.

Quand tu n'es pas là je n'arrive plus à vivre, j'ai cru que tu me complétais, maintenant je sais que tu es la seule qui me donne du goût à la vie. Je ne te l'ai jamais dit, mais avant toi cette vie m'était terriblement fade, assurément quand j'étais petit je l'épiçais avec les petits plaisirs de l'enfance : le programme de télévision, le voyage en bicyclette, la promenade du dimanche, les vacances d'été. À l'adolescence, je devins terriblement envoûté par les journaux et toutes sortes de petites activités. C'est à partir de dix-sept ans que le grand ennui commença. Il était dû au manque d'affection ; petit, j'avais été un enfant unique dorloté par sa mère mais qui depuis plusieurs années déjà refusait par fierté toute affection. J'essayais de trouver des moyens d'en sortir : scooter, voyage, un immense périple européen, les projets universitaires : mais quel incroyable vide ! Les quelques filles qui passaient alors dans ma vie soulignaient encore plus une solitude terrible. C'est pour cela que lorsque tu es venue je t'ai cueillie non pas comme une fleur dans un champ mais comme une paille à laquelle on s'accroche. La vie, la vraie, celle qui vaut la peine d'être vécue commença le 13 mai 1967.

Elle ne sait pas trop quoi faire avec ça, la jeune Québécoise de Saint-Hyacinthe, elle se demande s'ils sont tous comme lui là-bas, ou si elle en a tiré un spécial dans le lot, « tout un *number* » soupiraient en rigolant ses amies, à la fois charmées et décontenancées par le paradoxe sur deux pattes que constituait le jeune transi d'amour, lequel hésite désormais, partir ou ne pas partir, mettre à exécution son plan de tour européen prévu depuis quelques années grâce à la petite somme patiemment amassée, la peur de regretter l'abandon du rêve, l'angoisse de perdre la femme de sa vie, un an après sa rencontre il se décide enfin à partir, mais à lui envoyer chaque jour une carte postale. Un format qui lui sied à merveille : bref mais intense.

*

Les Français sont parmi les gens les plus stupides de la Terre. Tout est bloqué. Il n'y a ni train, ni autobus, ni bateau, ni banque, ni lettres. Bientôt il pourrait n'y avoir ni [il souligne] *nourriture. Tout le monde emmagasine en prévision du manque de victuailles. Bien sûr, il n'y a pas de scooters : on m'a suggéré Paris mais je ne puis y aller. Je suis bloqué. Le pire, c'est que personne ne comprend ou n'approuve ce qui se passe, sauf les communistes, qui sont partout. À Rouen où j'ai été hier, tout est pavoisé d'affiches communistes. Le moins que l'on puisse dire, c'est que ça va très* [il souligne] *mal. Je me demande si on réalise cela en dehors de la France.*

La veille de cette carte postale, les grèves se sont multipliées en France, on a débrayé aux chantiers navals de Saint-Nazaire, les mines de charbon du Nord ont été paralysées, la SNCF a interrompu son trafic, les centres de tri postal ont été occupés, et au coucher du soleil on a atteint les deux millions de grévistes, ce qui commence à titiller le général toujours touriste en goguette dans les Carpates, Nicolas je dois vous laisser, que se passe-t-il demande le boucher de Bucarest, oh rien, une excitation passagère, la jeunesse qui s'émoustille parce qu'elle s'ennuie, et à son arrivée à Orly il engueule toutes ses troupes, Pompidou en prend plein la poire, mais c'est n'importe quoi, vous allez me les calmer tout de suite, Pompidou piqué offre sa démission, on n'abandonne pas son poste en pleine bataille lui lance de Gaulle qui n'en est jamais revenu de la lâcheté des civils, la France se désagrège, l'université de Strasbourg se proclame autonome, la fin du monde approche.

Gil n'est pas le seul à voir des communistes partout, l'Élysée au complet aussi est convaincu qu'il y a des rouges cachés sous les canapés, en outre les Russes ont été agacés par la visite du général à Ceauşescu qui se la joue électron libre, et si c'était un coup du PCF pour prendre le pouvoir ? La révolte devient de plus en plus *in*, elle attire la jet-set, Duras, Sartre, Bourdieu et six millions de grévistes, le général s'est contenu depuis le début mais là ce n'est plus possible, il lâche sa petite phrase, la chienlit apparaît dans les manuels d'histoire et une multitude de dictionnaires s'entrouvrent, les misérables n'avaient pas entendu ce terme depuis Hugo, la chie-en-lit, littéralement le petit bout de chemise qui sort par la fente de la culotte d'un enfant qui se serait mal torché, chez Hugo ça devient le masque de carnaval, pourquoi pas, « le bas corporel » nous indique Bakhtine forme le socle de toute révolution, les étudiants de Mai 68 deviennent chez le général des bouseux, des mange-merde, des culs-terreux, des mal torchés, à la barre de l'Histoire est convié le sujet Rabelais, celui-là même qui fit pisser ses géants sur la Sorbonne, la noyant dans un tsunami d'urine, l'illustre docteur se retrouve dans le camp des étudiants, parce que pour le Chinonais, la chienlit oui, la réforme non, mais mon père est outré, de Gaulle, on ne peut pas lui faire ça, on ne peut pas le traiter ainsi, le capitaine de char d'assaut qui avait tout prévu, l'appel du 18 Juin, le résistant, le libérateur, le non-aligné, Tintin mon seul rival, je vous ai compris, et surtout surtout ce grand jour du 24 juillet 1967 sous le balcon de l'hôtel de ville de Montréal, Gil y était avec toute la bande d'hirsutes membres du Rassemblement pour l'indépendance nationale, du hippie il y en avait à la tonne ce jour-là, peut-on s'imaginer un an avant Mai 68 le vieux barbouze applaudi comme une rock star de Woodstock par de jeunes barbus fleuris, ô général mon général, vive le Québec, vive le Québec, il est ému le général de voir une foule dont l'âge moyen devait tourner autour des vingt et un ans scander son nom à qui mieux mieux, libre, libre qu'ils crient les jeunes et lui extatique, emporté par la foule qui l'a entraîné de la ville de Québec à celle de Montréal sur l'antique Chemin du Roy, il revoit les scènes de la Libération, il le dit, ça me fait penser à la Libération, puis il reprend les mots, libre, oui, vive le Québec libre, et le voilà propulsant sur la scène internationale le mouvement indépendantiste québécois, tout cela semble improvisé, spontané, irréfléchi, mais il avait prévu le coup le tacticien militaire, depuis son croiseur *Colbert* appareillant de Brest, traversant l'Atlantique et faisant escale à

Saint-Pierre-et-Miquelon, une manière d'éviter l'arrivée aérienne à Ottawa, le protocole fédéral et la poignée de main au premier ministre canadien, une façon aussi de rappeler l'itinéraire des colons français, créant un froid sans précédent avec l'ensemble de la presse canadienne-anglaise, qui n'hésite pas à qualifier le général de brigade de « sénile », recommandant à la France de le mettre sous tutelle à la suite de son long et triste déclin, ce que ne manqueront pas de relever les étudiants français dans moins d'un an, mais pour l'instant le périple libérateur du président s'arrête net sous le balcon de l'hôtel de ville car le premier ministre du Canada, Lester B. Pearson, grande figure morale créatrice des Casques bleus, lui demande fissa de quitter le territoire, ça va pas, non ? tout auréolé de prestige militaire que vous êtes que diriez-vous si je débarquais en France en hurlant vive le Pays basque libre, vive la Corse libre, vive la Bre… ? mais Pearson n'a pas le temps de finir sa phrase, le général s'est déjà envolé.

Libérer la France et le Québec à vingt-quatre ans d'intervalle, c'était assez pour en faire un dieu aux yeux de mon père. Et puis il revenait réparer une erreur, le général. La conviction intime que les Français avaient lâché les leurs en terre canadienne était tenace ; si au moins ils l'avaient fait pour une raison valable, mais pour le sucre des Antilles, quelle avanie ! Les outrages avaient été nombreux, depuis la poignée de faux diamants de Cartier : les renforts inexistants lors de la guerre de la Conquête, des généraux calamiteux, dont un jeune marquis qui perdit, et du fait même entraîna la fin de la présence française en Amérique, le trait assassin de Voltaire au sujet de la valeur de notre territoire – quelques arpents de neige –, l'indifférence généralisée, mis à part un Paul Claudel fortement ému par l'odeur de soutane émanant des mille clochers et songeant comme d'autres éminences pourpres à déplacer le Saint-Siège à Montréal, projet repris indirectement par l'architecte français Roger Taillibert en 1976, qui créa un Saint-Siège juste pour Montréal, le nommant Stade olympique, qui ne ressemble à rien d'autre qu'à un bidet géant, alors lorsque vint le général vibrant par l'éclat de ses médailles, replaçant, que dis-je, plaçant le Québec sur la carte du monde, forçant jusqu'aux Chinois à combiner de nouveaux idéogrammes afin d'évoquer le Kui-bei-kè, rappelant la lutte historique de ce village d'Astérix cerné par la mer anglophone dont la potion magique, image mille fois usée à la corde par les politiciens nationalistes, serait la culture et la langue françaises, oui c'est à Astérix et non à Tintin que de Gaulle devait se mesurer au Québec, il n'est pas étonnant qu'il y eût été accueilli en héros.

*

Chez mon père, ce sentiment d'abandon d'une chimérique mère patrie était décuplé par ses origines levantines, ajoutez à cela la dimension maronite et vous obtenez un lien étonnant avec la France en dehors de l'Hexagone, si profond qu'on en perd l'origine, si ancré dans les mythologies familiales qu'il fait l'objet de régulières discussions, si ce ne sont empoignades, érigeant le camp des racines croisées – des Croisades – contre le camp des racines napoléoniennes, le III pas le I, surtout pas le I, ce jeune général de trente ans qui se prenait à la fois pour le Pharaon, Saint Louis et le Saint-Esprit, cela étant dit d'aucuns parmi les maronites allaient jusqu'à avancer le grand Charles comme source originelle, et puisque mon grand-père s'appelait Charles et qu'il était notre patriarche dans la famille je croyais qu'ils parlaient de lui, jusqu'au jour où je compris qu'ils voulaient dire Charlemagne, rien de moins, dont un proche parent, un cousin, un oncle, un neveu, va savoir, dans tous les cas un Carolingien aurait échoué sa galère sur les côtes syriennes, dieux du ciel que faisait-il sur cette galère si loin des siens ?

Mais pour Gil celui qui faisait office de saint patron n'était nul autre que le grand des grands, l'Épée du monde, le Fils de la Loi et de l'Évangile ; c'est à peine si ses yeux restent secs lorsqu'il évoque l'altière figure de Saint Louis, très fier d'avoir habité le carré Saint-Louis à Montréal, carré pour square par une drôle de traduction dont nous seuls avons le secret, où je suis né, nom de baptême obligé pour les voiliers qu'il substituera bientôt à sa Vespa, d'abord carré Saint-Louis, ensuite île Saint-Louis, et selon la légende ils sont cent quatre-vingt mille à l'île de Chypre comme mon père venus acclamer le roi de France en 1248, parti du port d'Aigues-Mortes qu'il a fait construire, ils vont être cinq mille à l'accompagner dans son expédition d'Égypte, prendre Damiette, puis moins d'une centaine à en revenir vivants. Lors de sa libération à Saint-Jean-d'Acre, Saint Louis est encore adulé par la foule maronite ; leur chef, l'émir de la montagne, lui envoie vingt-cinq mille hommes, poussant le roi à écrire une lettre officialisant la protection des maronites par le royaume de France. Pas un historien sérieux ne croit à ces élucubrations, je veux dire à ces exagérations ; des maronites à Chypre, oui, mais pas plus de vingt mille ; des maronites accompagnant la conquête de l'Égypte, oui, mais quelques milliers à peine, ce qui est déjà impressionnant ; une lettre de Saint Louis, non, un appui moral, certes, ce qu'on peut admettre par contre sans avoir trop peur de se tromper, c'est que des liens perdurent jusqu'en 1291, date de la chute de Saint-Jean-d'Acre, signalant la fin de la présence franque en Orient, annonçant la reconquête arabe, et dès lors, les maronites n'ont eu de cesse de regarder la mer bleue dans l'attente de voir apparaître les voiles françaises de retour, afin de continuer à les protéger, et je me demande si c'est à ça que pense un peu Gil lorsqu'il voit ses premières voiles françaises aux abords de Marseille en 1952 après avoir quitté son pays natal.

Chez mon grand-père, Marseille était une excroissance de son Proche-Orient européanisé, une ville sœur d'Alexandrie et de Beyrouth, à l'orée de la Seconde Guerre en 1939, de retour d'un voyage sur les berges de la mer Noire en Roumanie, lieu convoité par les élites méditerranéennes de l'époque, où dans le train traversant l'Allemagne le beurre avait été réquisitionné afin de graisser les culasses, il avait été coincé quarante jours et quarante nuits à Marseille, les liaisons maritimes avec l'Égypte et bon nombre de ports méditerranéens ayant été suspendues, lors d'une brève reprise des traversées il en profita pour revenir au pays, il ne le dit pas trop parce que ça ne se fait pas, c'était la guerre quand même, mais qu'est-ce qu'il a passé du bon temps à Marseille, et à Nice aussi, cinquante ans plus tard m'emmenant en pèlerinage sur ces lieux à mes treize ans il me fit rencontrer des gens, plus généralement des femmes dois-je préciser, qu'il avait conservées comme tendres amies depuis cette mise en quarantaine bénie.

Ils n'avaient donc pas coupé tous les ponts avec la mère patrie levantine, les Kemeid, et une bonne partie des « Chawam », ces Syro-Libanais émigrés en Égypte à la fin du XIXe siècle, aimait fuir les canicules cairotes pour quérir un peu de fraîcheur dans les montagnes libanaises, ne serait-ce que quelques jours, c'était notre petite Suisse à nous me disait mon grand-père, renouant avec leurs anciens compatriotes « de la montagne », de braves gens frustes, je revois des photos où des paysans attifés comme au Moyen Âge, carabine en bandoulière, côtoient de jeunes gens vêtus de vestes de tweed, pantalons ajustés et bottes de marche alpines achetées à Zermatt, « Vous êtes leurs prisonniers ? » avais-je demandé à mon grand-père en voyant ces photos la première fois, et il avait éclaté de rire, « Mais non voyons, nous sommes leurs hôtes ! », mon père n'avait nullement l'impression d'aller voir sa famille quand il accompagnait ses parents dans ces années de l'après-guerre, mais plutôt d'aller visiter des indigènes sympathiques quoique brutaux, toujours en train de se préparer à être zigouillés par le village voisin, ou à les zigouiller, ça leur faisait du bien aux Kemeid parce qu'ensuite lorsqu'ils revenaient dans leur quartier européen du Caire autour de la place Soliman Pacha ils avaient l'impression de regagner le faubourg Saint-Honoré, quand votre statut social vacille et il vacillait pas mal en ces années de pré-Révolution, rien de mieux que d'aller se mêler à des culs-terreux, vous en serez confortés, cela permet aussi un voyage dans le temps à peu de frais, le 25 février 1950 se produit un événement dans la montagne libanaise qui va attirer les foules quelle que soit leur position sociale et même au-delà de leur appartenance religieuse, la tombe du moine maronite Charbel Makhlouf, lequel a passé l'arme à gauche depuis un demi-siècle, suinte à nouveau, c'est si sérieux que le pape Pie XII autorise son exhumation pour la deuxième fois, parce qu'il avait déjà suinté après sa mort le moine maronite décidément humide, le corps encore intact est exposé dans un cercueil de verre, musulmans et chrétiens se pressent dans cette grotte située à Bekaa Kafra, le village le plus haut du haut Liban, on avoisine les mille huit cents mètres, quitter le niveau de la mer semble primordial pour atteindre l'éternité, sous les sables de la Vallée des Rois comme au sommet des cimes neigeuses du mont Liban, Gil et sa mère vont le voir celui qui deviendra saint Charbel, dont une relique osseuse est conservée précieusement au sein d'une église maronite de Montréal non loin du lieu où réside mon père, nous n'avons pas la chance de posséder un petit flacon de son sang comme certaines villes, cependant les ossements semblent optimaux en termes de thaumaturgie si l'on se fie à cette aveugle hispano-américaine de Phoenix qui sortit de ses cendres voyante en 2016 après avoir prié devant la relique sise en Arizona.

Mais le miracle que recherche le jeune homme dix-huit ans après ce pèlerinage dans la sainte grotte libanaise a plutôt les formes d'une Vespa d'occasion, à la fois abordable et fiable, qui lui permettrait d'accomplir son odyssée. La Vespa, le symbole de la *Dolce Vita* enfourchée par Mastroianni, en fait je crois que c'est Anita Ekberg qui la conduisait, quelques années avant Gregory Peck et Audrey Hepburn déguisée en princesse avaient fait le tour du Colisée lors de vacances romaines sur ce scooter breveté le 23 avril 1946, soit sept jours avant la naissance de mon père, l'ingénieur Enrico Piaggio en constatant ses flancs arrondis, sa taille fine et son guidon en forme d'antennes se serait exclamé « *Sembra una vespa !* », mais ça ressemble à une guêpe cet engin ! jusqu'au bourdonnement du moteur, une bénédiction du ciel parce que l'usine Piaggio à Pontedera a été rasée par les Alliés, et la demande pour des avions de chasse a, comment dire, radicalement baissé depuis la fin de la guerre, tentons de motoriser le plus de gens possible par n'importe quel moyen se dit Piaggio, le coup de génie vient de l'ingénieur aéronautique Corradino d'Ascanio, il faudrait inventer un engin qui puisse se conduire comme si on était assis dans un fauteuil, deuxième coup de génie, il faut que n'importe qui, même une femme – c'est ce que disent certains Italiens en 1946, et en 1968 aussi si je me fie aux témoignages de Gil sur le machisme invétéré d'un cheptel de mâles de la Botte –, puisse changer le pneu en cas de crevaison, on va faire comme avec nos avions, on va fixer les roues sur un bras autoporteur, comme ça la roue entière pourra être changée, ces deux coups de génie alliés à un sens hors pair de l'esthétique vont concourir à faire de la Vespa l'invention italienne la plus importante depuis le char antique de Rome selon certains, dont l'auteur de ces lignes, et je ne sais quel écrivain peu avare en stéréotypes culturels osera dire que la Vespa est parfaitement italienne car bruyante, nonchalante, peu pratique, élégante et simple, il recherche cet attelage divin le jeune Levantin, en version usagée, rares sont ces scooters cependant qui battent la chaussée du nord de la France, où comme de l'autre bord de la Manche lorsqu'on voit le soleil ça veut dire que la pluie s'en vient, à Marseille tu en trouveras un d'occase, et les moins chers seront chez les Arabes lui lance un croupier de casino, je ne sais pas où mon père l'a déniché celui-là, au casino je ne suis pas sûr, il n'a tellement pas un rond, et l'idée de se refaire alors qu'il n'en est qu'à son cinquième jour du voyage me semble peu probable, ou vraiment désespérée, à moins qu'il ne se soit dit allons voir si je ne peux pas gagner une Vespa à la roulette ? *J'ai rencontré le croupier du casino de Dieppe qui a été assez gentil pour m'amener à*

Beauvais en voiture. Il y vient chaque semaine faire ses emplettes. La campagne normande est d'une beauté exquise et je suis émerveillé. Beauvais est très sympa. Partout je dis que je suis Québécois et toutes les portes s'ouvrent. La cathédrale est en réparation, elle en a énormément besoin. On voit partout des soldats en tenue de combat. Tout le monde semble craindre un coup d'État communiste. À bientôt.

Vrai qu'elle en a énormément besoin de réparations la cathédrale Saint-Pierre dont une photo aérienne orne la carte postale, elle qui pourtant s'enorgueillit d'être la plus haute construction humaine à la fin de son érection en 1573, depuis elle est restée inachevée et a posé des problèmes de restauration éternellement insolubles, aggravés par des bombardements ponctuellement allemands. Mais en ce jour du 21 mai 1968, ce n'est pas la réparation de la cathédrale qui semble occuper les esprits, celui de Gil Kemeid comme celui des Français, car la veille tous les transports en commun des grandes villes du pays ont été arrêtés, les grèves se sont étendues dans l'univers de l'automobile, après les usines Renault ce sont les usines Peugeot qui emboîtent le pas, et chez Citroën ça commence à s'agiter, dans les raffineries de pétrole aussi ça frappe sur les barils, du Havre à Marseille, génial se dit mon père, je ne peux pas quitter le Nord et aurais-je ma Vespa que je n'aurais pas plus d'essence, il ne se doute pas que de toute manière il ne pourra pas retirer d'argent pour l'acheter sa Vespa, les syndicats à la Banque de France viennent de lancer un ordre de grève de durée indéterminée.

S'il y en a un qui ne se laisse pas bloquer malgré l'interruption des transports, c'est Cohn-Bendit, il faut dire que tout le monde n'a pas la chance comme lui de se faire offrir par *Paris Match* voiture et chauffeur en échange d'une primeur de reportage, direction Berlin où Dany le Rouge est invité par des Kameraden, Fouchet ministre de l'Intérieur signe son interdiction de séjour sur le territoire français, paradoxalement l'impossibilité de quitter le territoire se produit pour l'ensemble de la population à la suite du rationnement de l'essence provoqué par la grève des raffineries, à part pour les privilégiés, c'est-à-dire les médecins, les journalistes de *Paris Match* et Dany, le croupier de Dieppe commence à stocker le sucre et le riz dans sa baignoire comme en temps de guerre, sait-on jamais, la campagne normande a beau être d'une beauté exquise dixit Gil, dans les villes les ordures s'empilent jusqu'au premier étage, le courrier est bloqué, d'ailleurs à partir de cette carte postale plus rien ne sera estampillé avant le 6 juin, les grévistes sont maintenant dix millions, le constat se dresse, implacable : au moment où Gil compte entreprendre son grand mouvement, la France s'est arrêtée.

*

Le croupier est assez gentil pour l'emmener au cœur du chaos, dans le ventre de la bête, sur les pavés bourdonnants au milieu des cohortes *manifestives*, au-dessus des barricades, sous les matraques des CRS : Paris. Je ne sais comment il retrouve la rue Thureau-Dangin dans le 15e arrondissement, où habite sa tante égyptienne, sans doute à pied, à partir d'une banlieue où le croupier l'aurait laissé, je ne peux croire que le Dieppois se soit engagé au-delà du périphérique. Paris, Gil y avait mis les pieds deux semaines lors de sa fuite d'Égypte en 1952, mais il avait six ans. Il s'agit donc de sa première visite en tant qu'adulte, et à part sous la Commune, pendant la Terreur ou à l'arrivée des troupes de la Wehrmacht, « Tu ne pouvais pas plus mal choisir » lui lance tante Évelyne en guise de bienvenue. Plus aucune lettre ou carte postale ne seront envoyées « en Canada » entre le 22 et le 25 mai, dates de son séjour parisien : au cœur du tumulte il se sent pourtant au bout du monde, coupé de toute communication. Dans une ville sens dessus dessous, quelques heures après son arrivée, les masses étudiantes se sont réunies place Saint-Michel pour proclamer « Nous sommes tous des Juifs allemands », mais moi je suis maronite canadien et j'aimerais foutre le camp proclame-t-il seul dans son désert sinaïque, lui dont l'objectif demeure Beyrouth, c'est à cela qu'il pense en se couchant sur le sofa du petit salon de la rue Thureau-Dangin pendant que la majorité des jeunes gens de son âge sont pris au Quartier latin dans des combats de rue qui perdureront jusqu'à six heures du matin.

Crépuscule sur la place de la Concorde
Paris

Le lendemain, il se dit que ça vaudrait la peine d'aller visiter une ou deux merveilles architecturales, il a tout de même reçu une bourse pour se repaître des splendeurs gothiques, romanes, renaissantes, baroques, décadentes et haussmanniennes des vieux pays, formidable, même à un petit bourgeois parisien droitiste en ce jour-là il ne viendrait pas à l'esprit de nier l'existence des plus grandes manifestations sociales de France et de Navarre depuis l'invention de la pancarte, une posture qui a à voir avec la révolte, non pas la contre-révolution car il n'a que faire de charger les étudiants ou de parader en compagnie des rasés d'Occident et d'Action française, ce serait le comble pour ce Levantin au teint hâlé comme Mathieu dans *Le Sursis* de Sartre, qui se fait dire « Comme vous êtes brun [...] ! » – mon père et moi nous nous sommes fait dire ça toute notre vie – et sa réponse à Mathieu est d'une beauté insolente, j'en ai fait un adage, « C'est un hâle de luxe [...]. Ça s'attrape sur les plages à ne rien faire ! », il a tout compris lui, Sartre précise cependant que Mathieu est gêné, alors que Gil et moi n'avons que faire de cette gêne, nous sommes des hâlés de luxe assumés, des haleurs aussi le long des cours d'eau tirant nos péniches sisyphéennes, des râleurs enfin, persuadés que nous ne serons heureux qu'ailleurs, et sitôt l'ailleurs rejoint, il se mue en ici, et il nous faut repartir, telle est la damnation de l'émigré, réfugié éternel, humain originel sans doute, et si les traces de nos mains sur les murs des cavernes ne faisaient qu'indiquer notre bonheur temporaire, j'y étais et je fus bien, mais maintenant je dois poursuivre la horde ?

Mon père attend de voir si Geismar, qui vient d'appeler à l'arrêt des combats, sera entendu, il se doute que ce n'est pas trop le temps d'aller chantonner *Riquita / Jolie fleur de Java / Viens danser, / Viens donner des baisers* sur les barricades autour de la Sorbonne car cinq mille manifestants place Saint-Michel font face à une flopée de CRS qui bloquent le pont, mais malgré ses envies architecturales il est un peu intrigué, est-ce que je vais les voir ou je risque ma peau ? Ils se posent exactement cette question Charles Hernu et François Mitterrand, ils s'en ouvrent à Pierre Mendès France, nous sommes quand même la gauche, ce serait pas mal de marquer notre solidarité, oui oui susurre sans conviction Mendès France, allons tâter le pouls de la rue propose Hernu, riche idée se réjouit Mendès, faites, je vous laisse aller tâter, François vous venez avec moi ? lance Hernu, eh bien eh bien réfléchit le sphinx qui n'est pas en odeur de sainteté à l'extrême gauche, laquelle n'a pas oublié que l'ancien ministre de la IVe République passé entre autres par l'Intérieur et la Justice a proféré à l'époque que la seule négociation en Algérie, c'est la guerre, je vais attendre un peu, et grand bien lui fasse au prudent Mitterrand, car Hernu et leurs lieutenants se font vitement tancer par les foules estudiantines, la récupération politique ce ne sera pas pour aujourd'hui.

Il s'en tient donc à la rive droite en ce jour du 23 mai, et le lendemain il ne sait plus où s'en tenir parce que ça s'embrase de partout, certains leaders étudiants en appellent à la prise de l'hôtel de ville ; un cortège mené par Sauvageot est bloqué gare de Lyon, un autre dirigé par Geismar veut prendre la Bourse, des commissariats sont mis à sac, les barricades et les combats de rue reprennent, la gendarmerie est sur les rotules, Pompidou commence à penser sérieusement aux militaires, qu'en pensez-vous les jeunes ? Les jeunes ce sont ses deux conseillers, un certain Édouard Balladur, un certain Jacques Chirac, patron il faut ce qu'il faut qu'ils répondent, il y a même des mercenaires du Katanga au Congo qui ont été engagés par le Comité d'occupation de la Sorbonne, bien entendu pas un de ces Katangais n'a mis son doigt de pied au Congo, et en Afrique tout court, mais face à la crainte d'une guerre civile voici nos deux jeunes pompidoliens préparant en grande pompe brigades motorisées montlhériennes et mansonniennes, parachutistes carcassonnais et castrais, fusiliers marins toulonnais, tout cela à la plus grande satisfaction du premier ministre qui, dira Chirac très fier de son patron, « prendra sur lui, et sur lui seul, de faire regrouper aux portes de Paris des éléments blindés ».

C'est si grave que le chef de l'État va s'adresser à la nation pour la première fois depuis la crise. À vingt heures, mon père est rivé au téléviseur du salon de la rue Thureau-Dangin, son héros va parler, enfin le chaos sera maté, ces jeunes bourgeois qui s'ennuient vont laisser les pauvres prolétaires à matraque se reposer, les transports vont reprendre, il pourra gagner Marseille, acheter sa Vespa à un Arabe après d'interminables négociations, peut-être ce sera un ancien compatriote, longer la Méditerranée, voir Venise et ne pas mourir, se signer sur le parvis de Sainte-Sophie dominant le Bosphore, traverser l'Anatolie, fendre les sables syriens, escalader les hautes cimes libanaises, se perdre dans la forêt des Cèdres de Dieu, franchir les torrents de la vallée sacrée de la Qadisha, aboutir à Beyrouth.

De Gaulle fait comme d'habitude : il met sa vie en jeu dans un référendum. Soit vous m'aimez, et je reste, et je continue à faire ce que je veux, soit vous ne m'aimez plus et je pars, après moi le déluge, vous ne me méritez pas, et vraiment, est-ce que ça valait la peine tout ça, je veux dire la fuite à Londres, l'appel du 18 Juin, le débarquement, la Libération, parce que si c'est pour me faire mettre la main sur la bouche d'un jeune à droite de l'inscription « Sois jeune et tais-toi », j'aurais dû vous laisser avec Pétain, d'ailleurs il ne cache pas qu'une fois de plus la toile de la Libération sert d'arrière-fond, car la date du référendum qu'il propose, c'est le 18 juin.Ah, ça devrait les calmer, ça ! Eh bien non : une autre nuit de barricades se déroule, la Bourse est incendiée, près de huit cents personnes sont interpellées, pas loin de cinq cents d'entre elles se retrouvent à l'hôpital, la pègre sort des bas-fonds de Paris lance Fouchet, il aurait voulu dire les rats mais il s'est gardé une petite gêne, la pègre des bas-fonds c'est une autre manière de décrire la chienlit, mon général il faut négocier ou ce sera la guerre civile, de Gaulle boude, les Français ne me méritent pas, personne ne le mérite, personne ne l'aime, sauf Gil, consterné, qui écrit à ma mère *une autre chose qui m'a déçu, c'est que de Gaulle est très peu aimé ici en France. Je crains soit qu'il démissionne, soit qu'il soit battu au référendum du 18 juin si référendum il y a, ce qui n'est même pas sûr. Je te fais remarquer que ceci ne devrait pas être tragique, les hommes passent, les nations demeurent, mais dans le cas de ce fichu pays, il n'y a personne pour le remplacer sauf les communistes qui sont partout. En tout cas je me désolidarise entièrement de ce stupide pays qui est très très beau et très très bête. Si de Gaulle est intelligent, il démissionne tout de suite et il les laisse se démerder tout seuls. Moi je m'en fous. Si j'ai appris au moins une chose c'est ça. Ça n'empêche pas certains Français d'être formid mais ils ne sont pas en majorité. C'est triste.* Et pendant que le gouvernement entame les plus grandes négociations sociales jamais menées depuis 1936 rue de Grenelle, mon père se morfond et attend que ça passe, pardonne-leur, général.

Le carrefour du monde
Marseille

3

La Libération de Gil Kemeid survient le 26 mai : il a trouvé une compagnie privée d'autobus qui l'emmène à Marseille. Mais le répit est de courte durée car au moment de partir pour l'Italie – il n'a plus l'illusion de rester en France, il ira l'acheter en Italie sa Vespa, ça tombe bien pour sa quête de patrie originelle –, la compagnie tombe en grève. *Quand je suis venu ce matin pour prendre mes billets pour Gênes, les grévistes étaient en train de foutre le gérant dehors manu militari. Alors je suis bloqué.* C'est le comble, mais un choc salvateur se produit : il n'a pas besoin de soulever les pavés pour voir la plage. *Il fait un soleil formidable. L'eau est bleue, c'est le sud.* Mon père vient de retrouver sa mer.

Ses cartes postales redeviennent régulières, dont la première représente le Vieux-Port, intitulée peu sobrement : « le carrefour du monde ». Il a beau être toujours bloqué, comme son père trente ans plus tôt, il fait chaud, et pendant qu'à Paris on s'active à préparer le meeting au stade Charléty, les jeunes se baignent et l'ambiance semble plutôt festive : *Marseille est très sympa,* écrit-il laconiquement. Le 27 mai, Pompidou a réussi à obtenir un accord avec la CGT, hausse de salaire minimum à l'appui, mais les ouvriers ne veulent rien savoir, nos mille francs, pas moins, nos quarante heures, pas plus, et les grèves ne s'arrêtent pas. Gil est en apprentissage d'une valeur suprême chez Montaigne, qu'on retrouve aussi chez le roi mourant de Ionesco, la résignation, seule manière d'apprendre à mourir. *Ça va ? Moi ça va. Aujourd'hui je viens d'apprendre que tous les autobus, trains, avions, bateaux, taxis ont été arrêtés. Je suis totalement bloqué. Alors je suis résigné. L'auberge de jeunesse est un château avec ce que cela comporte. Quelques bohémiens amerloches et leurs 'tites pépées suédoises grattent des guitares à longueur de journée. Le soleil brille, la vie coule douce. Je m'y fais très bien.* Un peu plus et ce serait le bonheur.

Il y en a un qui a mis ses lunettes de soleil pas tant pour le soleil que pour passer incognito face aux trois mille étudiants qui sont venus l'acclamer et le reconnaissent malgré ses cheveux teints : Dany, l'enfant prodigue de retour. Le jour de tous les possibles advient, Mitterrand se sent en grande forme et il s'annonce candidat pour une éventuelle élection, dans une indifférence assez généralisée. Peyrefitte démissionne et soudain pour Gil Kemeid la nuit s'abat le 29 mai, c'est d'ailleurs une carte postale qui représente une vue nocturne du Vieux-Port, avec ses barques fatiguées, qu'il envoie, et elle comporte des accents dramatiques : *Chère Caro, la situation s'aggrave. Je n'avais plus d'argent liquide alors ce* *matin je suis allé chercher une banque pour encaisser un chèque de voyage. Eh bien toutes les banques sont en grève. À bout de ressources (il ne me restait plus qu'un cinq centimes, c'est-à-dire un sou), je suis allé à la police. Ils m'ont dit que seul le Consulat du Canada pouvait m'aider, mais ce Consulat est fermé les mercredis. J'étais vraiment pris. Alors une idée de génie m'a effleuré. Je suis rentré dans un restaurant luxueux et ai commandé un repas à 14 F, soit 3,20 $. Au moment de la douloureuse, j'ai présenté un chèque de voyage de 200 F (44 $). La patronne a gueulé, le patron a crié, et moi j'ai souri. Après maintes discussions, ils m'ont rendu 186 francs et me voilà soulagé. Le soleil est en grève. Il pleut. Merde.*

On possède les désarrois économiques qu'on peut, je n'ai d'ailleurs pas le souvenir de mon père me donnant un seul sou noir, ou vingt-cinq sous, pour m'acheter une gomme à mâcher, un bonbon, une palette de chocolat, n'importe quoi, je ne l'ai jamais vu sortir une liasse de ses poches et me dire tiens, prends vingt dollars et fais-toi plaisir, en bon fils d'émigré sa philosophie était « débrouille-toi tout seul », il n'était pas avare, non, mais c'est lui qui achetait et décidait, attendez-moi deux minutes nous lança-t-il un soir à mon frère et moi, se garant devant une librairie, et il était revenu avec deux bandes dessinées, un Petzi je crois pour mon frère, *Le Lotus bleu* pour moi, mon premier choc artistique, mon premier choc esthétique, j'avais huit ans, et je suis resté figé face à cette couverture rouge et bleu, Tintin dans son premier costume non folklorique, c'est-à-dire vêtu comme un Chinois de son époque, tandis que les Dupondt sont accoutrés de manière vieillotte et ridicule, avant *Le Lotus bleu* Hergé n'arrive pas à quitter les berges des clichés les plus éculés, casque colonial au Congo, costume de cow-boy du Far West en Amérique, mais lors de la conception du *Lotus bleu* un changement majeur s'opère, Hergé a rencontré des Chinois, dont Zhang Chongren avec qui il sympathise, le fameux Tchang qu'on retrouvera dans *Tintin au Tibet*, et qui en a fait fantasmer plus d'un, soupçonnant une relation homosexuelle entre les deux hommes, thèse nourrie par ce qu'on présente comme un lapsus lors d'une entrevue d'Hergé à *Apostrophes*, « *Tintin au Tibet*, simplement c'est une histoire d'amour… d'amitié », mais de quel lapsus parle-t-on, je veux dire, n'y a-t-il pas de l'amour dans l'amitié ? Peu importe et qui s'en fout, ce qui compte c'est que la culture étrangère n'est plus ridiculisée par Hergé, elle fait miroiter tous ses chatoiements, et moi ça me fait mal, littéralement, le plaisir ne se fait pas sentir en premier, mais plutôt la douleur, oui j'ai souvenir d'une douleur, pas si forte, tout de même poignante, cette douleur était-elle physique ou psychologique – sont-elles si différentes ? – mais des sentiments jaillissaient, que dis-je, éruptaient en moi qui m'échappaient totalement, peur, attirance, incompréhension, jubilation, répulsion, je suis resté immobile pendant tout le trajet contemplant le héros à la houppe, elle cachée sous un bonnet, lui pris dans un vase, figé et tétanisé par un dragon aux yeux joueurs, on ne sait pas si le monstre est inoffensif ou s'il va vous terrasser de son souffle ardent, longtemps après j'aurais certes désiré que ma rencontre avec l'Art se déroule face à une toile du Titien, un coucher de soleil sur les quais des Zattere à Venise ou au bout de cette pointe rocheuse qui surplombe le lac de Côme, mais j'ai depuis ce temps réussi à éprouver de la fierté que nul autre que Tintin s'était assis à côté de moi sur la banquette arrière d'une Renault 5 dans une rue de Montréal un soir d'hiver. J'ai retrouvé cet étrange mélange de plaisir et de douleur en tant de lieux, d'occasions, de moments que je sais maintenant que ce choc initial et initiatique fut réel, sincère, profond, le savait-il ce père qui avait interdit l'entrée d'un poste de télévision dans notre demeure tout au long de notre jeunesse qu'en m'offrant cette bande dessinée, sur un coup de tête en roulant devant la librairie Champigny rue Saint-Denis, une telle onde allait me submerger ?

Son héros, seul rival du reporter belge comme on le sait, a désormais plongé dans les eaux du désarroi : on croit qu'il est allé se reposer à Colombey alors qu'il s'est envolé, c'est le cas de le dire, en hélicoptère, avec son aide de camp, mais aussi une partie de sa famille, direction Baden-Baden, et ce n'est pas pour suivre une cure thermale, tout est foutu Massu qu'il lance le général à l'autre général, il se sent menacé chez lui donc il se réfugie chez le chef des Forces françaises en Allemagne, on lui aurait dit en 1940 que le lieu où il se sentirait en sécurité dans vingt-huit ans ce serait chez les Boches qu'il se serait esclaffé, après Céline à Sigmaringen, de Gaulle à Baden-Baden, chez un militaire qui cautionnait les tortures en Algérie, même s'il s'en désola plus tard, mais que voulez-vous dixit Massu, « Tout cela faisait partie d'une certaine ambiance », le même Massu responsable d'un quasi-coup d'État en 1958, qui permit le retour en grâce du général de Gaulle, lors de leur entretien à Alger il y aurait eu cet échange évidemment fantasmé, mais dont la saveur théâtrale reste intacte, « Alors Massu toujours aussi con ? » d'assener de Gaulle, « Toujours gaulliste, mon général ! » de lui répondre l'ancien putschiste, si bien que la fuite dans la Forêt-Noire laisse son entourage pantois, Pompidou le premier, ignorant tout de l'affaire, le roi n'a pris que sa garde rapprochée, excluant les valets, il rappelle sa royauté par ce geste car on n'est pas roi si on n'a pas fui un jour, en carrosse ou en hélicoptère, à Varennes comme à Baden-Baden, l'important est de signaler le crépuscule d'un règne, certains ont pu croire que le vieux galonné avait eu réellement peur d'un coup d'État de la part des communistes, mais c'est impensable, tout au plus pouvait-on imaginer un coup d'éclat, d'abord parce que le PCF et son organe, *L'Humanité*, ne veulent rien savoir d'une commune étudiante depuis le début des agitations, ensuite parce qu'ils sont prêts à tous les à-plat-ventrismes pour accéder au pouvoir, jusqu'à entrer dans un gouvernement gaulliste comme du temps béni de la Libération et enfin, et surtout, parce qu'à tout prendre Moscou préfère l'ouverture à l'Est défendue par de Gaulle à l'adhésion atlantiste de

Mendès France, mais qu'est-ce que les Français ont à s'exciter avec les communistes se demande mon père, ces derniers qui sont devenus comme la panthère de Dante, exhalant leur parfum partout tout en n'étant nulle part, car s'ils semblent des millions avec leurs partis innombrables, Voix ouvrière, Fédération des étudiants révolutionnaires, Jeunesse communiste révolutionnaire, lambertistes, Parti communiste marxiste-léniniste, Union des étudiants communistes, Union des jeunesses communistes marxistes-léninistes, et j'en passe, ils sont en réalité une poignée, l'outre-gauche s'est éclatée, il n'y a rien de moins menaçant que cette atomisation de la lutte des classes qui jamais n'aura connu autant de dissensions internes, seulement voilà, un peu de peur n'a jamais fait de mal au peuple se dit le général, qui après s'être assuré du soutien de l'armée – une formalité, il ne manquerait plus que ça, une armée qui ne suit pas un général – revient peinard à ses deux églises, famille et patrie, pendant que la gauche désemparée scande « Mendès à l'Élysée », une autre manière de proclamer « Soyons réalistes, exigeons l'impossible ».

*

La pluie s'est installée depuis trois jours dans les Bouches-du-Rhône, ce qui permet à la tribu de l'Auberge de jeunesse de Marseille de faire connaissance, réunie autour de l'un des grands manitous de ces lieux qui ont été des bastions de la pensée 68, tantôt bolcheviques tantôt anars, ces aubergistes surnommés « pères aub », qui ont joué parfois le rôle de pères suppléants, mentors, maîtres de libertés en tout genre, celui de Marseille dixit Gil *est formid, complètement fou, un peu anarchiste, il s'en fout du monde entier, ne suit aucune règle*, et ses ouailles égayent le séjour de mon père : *Il y a quatre Japonais qui passent leur journée à faire la cuisine, un Algérien qui est très chic type, et tout un troupeau de jeunes Anglaises qui font le tour du monde. Deux Anglais bohémiens qui font de la musique tout le temps, quelques Yankees qui ne font pas leur service militaire, moi et toi à qui je pense. On se lève à dix, on se couche à deux. Je joue aux échecs avec un malheureux du quartier qui n'arrive pas à composer une phrase correctement mais qui trouve moyen de me battre régulièrement, je joue aux cartes avec l'Algérien et je vais au café. Les Coca coûtent 33 sous, les cafés 22, alors je prends un café et je passe toute la journée à le boire. Les salles de bains sont du genre où tu ne t'assois pas, c'est marrant. On éclate de rire en faisant ses besoins. J'ai suggéré au père aubergiste d'y mettre un miroir pour que les gens puissent voir leur position.* Il est sans doute consternant, choquant, voire scandaleux de ne rien foutre à ce point pendant que le pays est plongé dans une instabilité inquiétante, et tant de je-m'en-foutisme confine au plus bête solipsisme, j'en conviens, mais je ne peux m'empêcher d'y déceler une stratégie de lutte, un combat, à distance certes mais un combat quand même, par sa posture de rupture et de refus, par son bartlebisme revendiqué, « *I would prefer not to* », car faire la cuisine avec des Japonais, flirter avec des Anglaises, jouer de la guitare avec des déserteurs américains, battre les cartes avec un Algérien chic type, se faire damer le pion aux échecs par un SDF, boire un café toute la journée et déféquer accroupi en s'esclaffant, si ça n'est pas de la révolution, je ne sais pas ce qu'il nous reste à renverser.

Avec la Pentecôte revient le soleil. Ses rayons forcent la droite française à sortir de sa torpeur : il est temps de soutenir le général. Il y en a pour tous les goûts dans cette droite contre-révolutionnaire, des gens très bien, Joséphine Baker par exemple, des gens bien, François Mauriac disons, des gens pas bien, Tixier-Vignancour pour ne nommer que lui, dont le directeur de campagne lors de sa candidature à la présidentielle de 1965 s'appelle Jean-Marie Le Pen, entourés par la racaille mafieuse, colonialiste, brunâtre et j'en passe, comme les rebuts du fameux Service d'action civique, le funeste SAC, c'est-à-dire la matraque gaulliste, ou, si on veut se la jouer perse, les gardiens de la révolution gaullienne, dont l'un des fondateurs, Jacques Foccart, officiellement affecté par l'Élysée aux affaires africaines, est officieusement monsieur Françafrique en personne, celui qui réussit à maintenir la nuit coloniale malgré le lever du soleil des indépendances, à grand renfort de coups d'État et de mise en place de dictatures, comme Bongo au Gabon, ou encore d'alliances funestes, comme Mobutu au Zaïre ; Foccart qui tisse les réseaux gaullistes pour organiser la marche de soutien, on refait le coup de la Libération mais en sens inverse, de la

Concorde à l'Étoile, un million sur les Champs-Élysées mon général crie de joie Foccart, plus sérieusement ils sont trois cent mille, guidés par leurs Geismar et Sauvageot à eux, c'est-à-dire Malraux et Debré, à chacun ses tigres de papier, de Gaulle ne veut toujours pas d'élections législatives, Pompidou lui remet à nouveau sa démission, calmez-vous Georges, je vais dissoudre l'Assemblée nationale, mais je vous rappelle qu'en 1967 nous sommes passés de justesse, oui mais brandissez la menace d'une dictature communiste et nous aurons la rue avec nous, riche idée Georges, le général prend le micro à seize heures trente en ce 31 mai, mes enfants je vous propose des élections libres car nous sommes menacés par le pire des cauchemars, tenez je vais relier les trois termes ensemble, c'est un peu tautologique mais ça a le mérite d'être clair : une dictature communiste totalitaire, voilà, et elle pointe à l'horizon mes enfants. Rien de moins.

Coïncidence ou heureux hasard, la police dégage les dépôts de carburant, en grève depuis dix jours. L'approvisionnement reprend à Paris, il fait beau et chaud, c'est le week-end de la Pentecôte. Résultat : les plus nombreux ne sont ni les enragés ni les contre-révolutionnaires, mais bien les Parisiens qui en ont jusque-là d'être cloisonnés, et ils se jettent massivement sur les routes de France pour échapper aux gaz de la capitale. Comme ils sont pressés et ont sans doute bu pour fêter le jaillissement de pétrole, ils sont soixante-dix à se tuer au volant ce week-end-là, et six cents à se blesser.

Pendant que les visages pâles défilent sur les Champs-Élysées, l'Égyptien au teint hâlé va voir les basanés de Marseille pour dénicher son scooter. Ils ne lui font aucun cadeau, à ce compatriote de mes deux. D'abord, aucun d'entre eux ne provient d'Égypte, et encore moins du Liban, ensuite ils ne comprennent rien au sabir déjà refroidi par les neiges canadiennes de mon émigré de père, qui a perdu sa langue au fil de ses seize ans d'exil, enfin à part Oum Khalsoum et Nasser, rien à foutre du Caire et de ses pyramides aux noms grecs, penaud Gil dérive de vendeur en vendeur, jusqu'au seul non-Arabe du coin, lequel, trop heureux, lui fourgue sa Vespa Grand Turismo 125 de 1965, boîte de vitesse quatre rapports, vitesse maxi 92,42 kilomètres à l'heure, poids à vide de 95 kilos, réservoir de 7,7 litres, six chevaux à 5 500 tours-minute, de couleur vert clair, le tout comprenant accessoires en cuir, taxes et assurances pour la modique somme de mille francs, une aubaine, en comptant que le salaire horaire minimum vient de passer à trois francs depuis une semaine, merci Pompidou, on en est à trois cent trente-trois fois la paie horaire, bref une bonne affaire, il est temps désormais de mettre en œuvre le plan initial de la Vespa, d'abord parce que Gil a des fourmis dans les jambes, d'autre part parce que toutes les auberges de France semblent avoir fermé, *on m'a jeté dehors avec les autres*, la Commune de Marseille se dissout, il enfourche son destrier et débute humblement par un petit tour provençal à Aix-en-Provence, qu'il atteint en même temps que les croix de Lorraine du Foccart de Marseille, Joseph

Comiti, le natif de Corse veut sa manif gaulliste lui aussi, d'autant plus que Marseille la rouge est dirigée par ce communiste de Gaston Defferre, Comiti prépare des Polonais à l'offensive, comme du temps de Napoléon, on lui dit que des Katangais ont débarqué en force à la faculté de lettres d'Aix, des Katangais à Aix, on aura tout vu !, les réseaux gaullistes se mettent en action et vont crever les pneus d'une quarantaine de voitures censées appartenir aux faux Congolais, chef il y a un scooter vert pâle, on le crève aussi ?, non, ils sont pas débiles au point de faire la Sorbonne-Aix en Vespa, oui mais chef ça doit appartenir à un pouilleux, non ?, fort possible mais là ta gueule, il faut aller à la Canebière pour aider la manif, prends ton manche de pioche, ils sont deux cent cinquante armés de cet outil sur la Canebière pour permettre aux cent mille pro-gaullistes de descendre la Canebière, jolies jeunes filles au devant selon les vœux de Comiti et d'un certain Charles Pasqua, de fort belles pancartes égrènent le chapelet gaullien, « Non à la subversion », « De Gaulle n'est pas seul », et la plus belle de toutes : « Battez Defferre pendant qu'il est chaud ».

*

Sous ces mêmes bannières se rassemblent quinze mille jeunes – « Jeune, tu es vieux » leur lancent les enragés – au Trocadéro le 4 juin, direction le Champ-de-Mars, on en est à la troisième semaine de crise mais la reprise commence à se faire sentir, l'essence

La capitale de la Provence
Aix-en-Provence – Le cours Mirabeau

coule à nouveau en dehors de la capitale, fluide essentiel à la bonne humeur générale, les bus reprennent du service, les métros roulent, cela dit ce n'est pas la fin de la mobilisation, ni de la dépression de mon père, qui commence à être injurieux, *cette stupide grève qui me bloque depuis que j'ai mis les pieds dans ce stupide pays n'est pas encore terminée. Les formalités nécessaires pour mon scooter et sans lesquelles je ne puis finalement quitter Marseille pour la Suisse sont impossibles, dues à la grève des employés du gouvernement. Je sens que je vais exploser. Le peuple français n'a absolument aucune maturité politique ou économique. Tout ce qu'il sait faire c'est se plaindre. Quelle tuile ! Ciao.*

Il a donc de la Suisse dans les idées, la route des Alpes en fait, le grand Tour romantique, l'escapade germanique, la chevauchée du lac de Constance, la balade sur le Rhin, le petit vin blanc de Moselle, et puis ensuite retour à Dieppe, je ne sais pas ce qui l'attire à nouveau en Normandie, une fille peut-être, alors qu'il égrène quotidiennement ses cartes postales à la femme qu'il aime à Montréal, quel goujat, mais cet amour naissant demeure encore fragile, et ma mère ne s'appelle pas Pénélope, ce serait le comble d'attendre un Québéco-Égyptien lâché lousse sur sa Vespa en plein Mai 68 à travers la France, qui n'a que mers, montagnes et sources en tête, qui caresse l'idée d'aller étudier à Beyrouth, il faudrait être non pas éperdue mais complètement perdue, oui, pour espérer quoi que ce soit de ce métèque pas net, aussi Carole reste avare en lettres envoyées, il faut dire qu'il bouge sans cesse l'émir à roulettes, et s'il lui donne quelques adresses d'auberges de jeunesse où il prévoit accoster, ça ne donne pas envie de maintenir une correspondance assidue. Qu'il souffre de ce silence, le Gil !, rêvant comme tout bon Moyen-Oriental exilé d'être chéri, attendu, espéré à distance, ah si seulement elle pouvait se morfondre pendant que je traîne avec des Suédoises, et l'idée que le contraire se pourrait tout autant le terrifie, dans un Montréal dépravé juge-t-il, se libérant lui aussi sexuellement, mais à la différence de la France, aux femmes présentes en première ligne, oui sans la longue et belle et brave lignée des féministes, mais aussi des effeuilleuses, des travestis, des gays, il n'est pas certain que le Québec aurait autant mijoté dans la grande marmite de l'ébullition culturelle et salvatrice, ô pensée mortifère pour de nombreux culs-bénits de la pensée conservatrice, certains d'y voir le début de leur chute, de leur malheur et de leur dépravation, ce en quoi ils n'ont pas tort, leur déclin s'est amorcé au cœur des ruines déjà fumantes de leur cathédrale identitaire, au milieu de leur étable aux moutons tissés serrés, à la pure laine plus blanche que blanche, et vous dire le bonheur de Carole de laisser derrière elle son collège des terres fertiles de la vallée du Saint-Laurent où Flaubert et Zola étaient à l'index, où une camarade avait été expulsée pour avoir écouté sur son transistor, en cachette, sous la couette, les Beatles, pour se retrouver à l'École des beaux-arts de Montréal-la-rouge, qui deviendra l'épicentre de notre Mai 68 à nous, mais en octobre celui-là, un mois après le retour d'Ulysse Kemeid, je ne peux pas croire, dira-t-il à ma mère, qu'après avoir subi les grèves étudiantes de mon printemps européen, je me retape ça en revenant chez moi, eh bien prends ton mal en patience de lui dire ma mère, trop heureuse d'occuper avec ses camarades ce qui sera nommé « La république des beaux-arts » pendant cinq semaines, c'est-à-dire l'un des plus grands happenings jamais réalisés au Québec, fini l'art à piédestal, place à l'art total, l'art de rue, l'*arte povera*, l'expérimentation, l'alternatif, et les voilà expulsant les corps professoraux et administratifs pour mettre en place un système d'autogestion à la yougoslave, on se relit avec ferveur le visionnaire et précurseur *Refus global* des automatistes paru vingt ans plus tôt, le déclic de la modernité au Québec signé Paul-Émile Borduas, « Nos passions façonnent spontanément, imprévisiblement, nécessairement, le futur. [...] D'ici là, sans repos ni halte [...], dans l'encouragement ou la persécution, nous poursuivrons dans la joie notre sauvage besoin de libération », et métaphore à la fois sublime et abjecte du rejet de l'ancien monde, les étudiants des Beaux-Arts s'en prennent à une momie égyptienne, une vraie, ils la souillent, ils la saccagent, ça c'est la goutte qui fait déborder le Nil de mon père, s'attaquer à un compatriote, mort qui plus est, ça non, c'est au-delà de toute morale, malheur, malheur à vous, de plus innocents que vous ont été damnés pour des siècles et des siècles en pénétrant l'antre sacré des chambres funéraires, arrête tes salamalecs Gil, tu me fais honte lui lance ma mère, on dirait que c'est toi la momie, et continue plutôt de nous ravitailler, car oui les petits amis des étudiantes autoséquestrées dans l'École ceinte par des cordons de policiers effectuent des allers-retours clandestins pour ravitailler les troupes, qu'il était beau ce mai d'octobre, entièrement inscrit sous le signe de l'Art, frappé du sceau de la Beauté, tel qu'elles l'entendaient à présent, et non pas tel qu'elles se le faisaient enseigner, sans leader, sans exclusion des femmes, pas de Dany pas de Geismar pas de parti politique, mais du geste artistique, que du geste, du jet plutôt, une volée de bois vert à la face du monde croulant.

Mais peut-être n'est-ce pas une femme qui le pousse à rallier Dieppe une fois de plus, se pourrait-il que ce soit plutôt une volonté de commencer le voyage au point initial du débarquement, que la quête soit effectuée en Vespa, du début à la fin, je ne le sais, ce qui le guide c'est le littoral, la frontière entre les mondes terrestres et liquides, mince ligne fragile sur laquelle il se tiendra en équilibre toute sa vie, frange éphémère, berge originelle, échouerie des corps fatigués, habitat des crépuscules, mais en attendant, il se tape un peu de Côte d'Azur, même s'il se méfie car ça sent la paillette et la superficialité, déjà en 1888 Maupassant se méfiait de Cannes, « Des princes, des princes, partout des princes ! », mais on ne peut pas ôter à ce coin de pays la splendeur canaille des falaises de calcaire se jetant dans les bleus azuréens au petit matin, ni la flamboyance des arbres du voyageur aux jardins du Rayol en surplomb de cette petite crique abritée des regards où vous pouvez vous baigner nu sans être nudiste, bonheur suprême, ni la senteur résinée des pins maritimes du massif des Maures où j'ai déjà trouvé, après mon paradis au milieu des chênes-lièges, le bout du monde en ermite motocyclé à la Chartreuse de la Verne sur les pas de Maupassant, ni la rougeur de l'Estérel déboulant à toute vitesse vers un bleu outremer rendu profond, annonciateur du grand large, oui tout n'y est que lumière et beauté, comme le dit la carte postale de Saint-Tropez déjà un peu Vadimé, *c'est un tout petit village avec de toutes petites rues très étroites et 100 000 bars. Il y a beaucoup de jolies filles blondes très indépendantes, beaucoup de vieux Anglais riches dans des yachts somptueux. Une Ferrari jaune vient de passer.* Je ne sais pas pourquoi il continue et ne s'arrête pas ici pour le restant de ses jours ; je ne sais pas non plus ce qui m'a pris de quitter ces lieux bénis des dieux où Francis Scott Fitzgerald passa ses nuits si tendres.

*

À Cannes, tout est horriblement cher. Les gens sont ultra-snobs, très poseurs, mais ils ne m'impressionnent pas. La grève, tirant à sa fin, n'est pas le sujet du jour : *Tout le monde parle de la mort de Kennedy, je n'achète pas les journaux mais ça ne m'empêche pas de tout savoir, grâce aux gens.* La veille de son arrivée cannoise, Sirhan Sirhan, un Palestinien de nationalité jordanienne, a tiré sur le sénateur Robert Kennedy, le soir de sa victoire à la

Vieille rue
Saint-Tropez

primaire californienne. Le favori du Parti démocrate, blessé à la tête et à l'épaule, s'est écroulé face aux journalistes, alors qu'il sortait des cuisines de l'hôtel Ambassador à Los Angeles, peu après minuit, le 5 juin 1968. Cinq ans après son frère, deux mois après Martin Luther King, le champion des droits civiques, le pourfendeur de Jimmy Hoffa et sa clique mafieuse se fait abattre par un homme de confession maronite, comme mon père. Le mythe et la conspiration s'en mêlent aussitôt, Sirhan avoue qu'il était sous hypnose et ne se souvient de rien, on aurait entendu une douzaine de coups de feu, le revolver de Sirhan ne contenait que huit balles, peu de photos circulent malgré la présence massive de la presse. La mort de Robert Kennedy sonne le glas des espoirs du mouvement hippie ; une forme d'enchantement prend fin et coïncide, en France, avec l'essoufflement de la révolte. Il est temps pour Gil de quitter les fastes de la Côte d'Azur et de prendre de la hauteur, du frais. Direction les Alpes.

4

Je ne crois pas avoir fait plus beau voyage que celui que je fais en longeant la frontière depuis Nice dans les Alpes. Au col de la Bonette, la route était à 9 000 pieds. Me voici à Le Bez près de Briançon, à une altitude de 4 500 pieds. Derrière nous, les Écrins, 13 000 pieds. L'auberge est ultra-moderne et vide. Les Alpes sont d'une beauté difficilement battable. Tu me manques beaucoup. Je pense tout le temps à toi. Je t'aime. A-t-il du temps à perdre avant de rejoindre Dieppe pour qu'il continue ainsi de s'enfoncer dans les Alpes ? Ou est-il mû par une irrésistible force, celle du magnétisme des montagnes, on le dit des volcans, qui vous terrorisent et vous attirent tout à la fois, je me souviens avoir ressenti jusqu'au tréfonds de mes entrailles une angoisse oppressante aux falaises de Santorin, sentiment décuplé par un logement hautement claustrophobique creusé à même la paroi rocheuse, ces fameuses habitations troglodytiques qui font la joie des cartes postales et la terreur de mes nuits, puis après quelques jours le désir m'a tenaillé de ne plus quitter ce cratère immergé, fragment sauvé de l'Atlantide selon la légende, nous y avions rencontré un jeune à l'air vaguement hindou que nous avions baptisé Tao, du nom d'un personnage de la série animée *Les Mystérieuses Cités d'or*, dernier descendant de l'empire du Mu, proche de la nature, aux sens éveillés, à l'œil moqueur, notre Tao passait ses journées à scruter la caldeira submergée, en attente du seul requin qui hanterait la baie, je crois qu'il la scrute encore pour guetter le squale, pas pour le pêcher ni pour lui parler, mais enfin le voir, avait-il lu *Le K* de Dino Buzzati pour savoir qu'il ne servait à rien de passer sa vie à fuir son monstre, lequel n'a pas d'autre but que de vous offrir une perle ?, il m'est souvent arrivé de jalouser le destin de ce Tao hindou assis en tailleur sur le sommet d'un dôme bleu, soutenu par quatre murs de chaux blanche, Ulysse a dû le croiser également mais ne pouvait comprendre qu'une telle immobilité et une telle attente – celle du retour d'un monstre animal et non d'un homme – représentent la sagesse suprême.

À Chamonix, il contemple la vallée *aux pics encore brillants sous leurs neiges éternelles au soleil*, longe l'Arve tumultueuse, passe en coup de vent à Vallorcine, dernière bourgade avant la frontière suisse, franchit le col de la Forclaz, puis entame la descente vertigineuse en multiples têtes d'épingle jusqu'à Martigny, louvoyant entre les vignes de chasselas plantées sur des pentes si escarpées qu'on peut à peine imaginer que des vignerons en tireront du fendant, troque les torrents pour le Rhône, le quitte à Aigle vers Les Diablerets, atteint Gstaad haut lieu des chalets de l'aristocratie européenne, où l'on retrouvera à la fois des rescapés des camps comme Roman Polanski, et leurs bourreaux, comme Maurice Papon, encore lui, décidément, ainsi qu'une pléthore de vedettes paris-matchiennes, Johnny Hallyday en tête, suivi de Bernie Ecclestone, du prince Charles et de Paul McCartney, outre la beauté incontestable des lieux, véritable carte postale suisse, sans doute l'installation du campus d'hiver de l'école internationale du Rosey a fait de Gstaad le pôle d'attraction des fortunes de l'Occident, si jamais cette école vous intéresse sachez qu'il vous en coûtera à peu près cent cinquante mille dollars par année par bambin, ce qui en fait l'école la plus chère de la planète, permettant à la fois une belle sortie scolaire avec la visite annuelle des Massai et de leurs troupeaux dans le Serengeti, mais surtout écartant toute possibilité qu'un pauvre vous côtoie, ce qui a permis d'éduquer pour la plus grande fortune de l'humanité rois de Belgique, chah d'Iran, princesses de Monaco, Aga Khan, Joe Dassin, Sean Lennon et le guitariste des Strokes, lorsque Gil passe à Gstaad il sait que Fouad, le fils de l'ancien roi d'Égypte Farouk, qui a foutu le camp de son pays peu de temps après lui, étudie au Rosey, pendant qu'une autre Égyptienne, fausse celle-là, mais reine quand même, du nom d'Elizabeth Taylor, sirote un martini avec Roger Moore, et que Julie Andrews y retrouve les paysages bucoliques de sa chère mélodie autrichienne, mais sur la carte postale de mon père, il n'y a que des vaches. Pendant que ce beau monde trinque à la conquête du monde, Gil Kemeid ne peut prendre le téléphérique pour aller fouler les sommets car hors de prix, toutefois écrit-il, *la Suisse est adorable. Tout est ultra-propre, ultra-poli. C'est un pays magnifique.* La splendeur se poursuit entre les lacs, mais après Berne, c'est fini, les montagnes cessent, la plaine commence, il se met à faire froid, le vent se lève, la pluie s'en mêle, pendant ce temps, à moins de cent kilomètres des roues de sa Vespa, côté français, dix mille ouvriers occupent l'usine Peugeot à Sochaux, dans le pays montbéliard, siège historique de la célèbre firme depuis 1912, premier site industriel de France, au moment où se noie dans la Seine un lycéen de dix-sept ans venu appuyer les ouvriers de Renault à Flins dans les Yvelines, poursuivi par les gendarmes mobiles le jeune militant maoïste se lance dans l'eau pour échapper aux matraques, il est emporté par le courant de l'Histoire, Gilles Tautin devient le premier martyr de Mai 68, sa mort remet le feu aux poudres, rebelote pour les barricades et les émeutes, le lendemain à Sochaux la tension est à son comble, les CRS chargent les ouvriers et provoquent l'hécatombe, cent cinquante blessés, Pierre Beylot, vingt-quatre ans, reçoit une balle de 9 mm à la poitrine et meurt, Henri Blanchet, quarante-neuf ans, est soufflé par l'explosion d'une grenade, en tombant il se fracture le crâne et meurt, Serge Hardy, trente-six ans, reçoit une grenade sur la jambe et sera amputé, Joël Royer, dix-huit ans, militant des jeunesses communistes, perdra quant à lui son pied droit, une stèle sera érigée à Sochaux en l'honneur de Pierre Beylot et Henri Blanchet, « tombés pour le libre exercice du droit de grève le 11 juin 1968 », mais à Gstaad on n'en sait rien, et pour tout dire, on s'en fout, on s'en est toujours foutu, on s'en foutra toujours.

La Wispile
Gstaad

*

Me voici à Strasbourg. Plus allemande que l'Allemagne. Même les gens entre eux sont germanophones. Ô bilinguisme ne me quitteras-tu jamais ? Il fait froid – pluvieux – lugubre. Mais ça ajoute de l'atmosphère à cette ville lourde d'histoire et de tradition. La ville le fascine tant que pour la première fois depuis des jours, il pose ses valises : *J'ai décidé de consacrer à Strasbourg deux jours car c'est une ville unique au monde. On m'a dit que c'est le seul endroit en France où persiste l'esprit allemand, la guerre l'ayant étouffé ailleurs et je le crois. Les gens parlent allemand, le français étant leur langue seconde et celle des affaires. L'architecture et l'urbanisme sont tels que de toutes les villes d'Europe que j'ai vues, sauf Paris, c'est la plus belle.* Et alors que onze organisations d'extrême gauche sont dissoutes par décret présidentiel, et qu'en passant l'amnistie est accordée aux anciens membres de l'OAS, que les Katangais sont expulsés de la Sorbonne – lesquels se dirigent vers l'Odéon –, Gil visite l'université de Strasbourg, haut lieu de la contestation. Partagé entre son exaspération politique et son admiration littéraire, il est sensible à l'humour potache, colligeant les perles pour offrir un beau collier révolutionnaire à ma mère : *Tous les murs sont griffonnés à perte de vue de graffiti dont voici quelques exemples : « La société bourgeoise tombe mais il faut la pousser. » « Il n'y a que de sots métiers. » « Pourquoi ne nous considère-t-on pas adultes ? Il n'y a pas d'adultes, il*

Au quartier de la cathédrale
Strasbourg

n'y a pas d'enfants, il y a tout court et nous voulons être. » « Il faut tuer tous les curés pseudo-marxistes. » « Quand la société pourrit, l'idéologie suinte. » « Il vaut mieux se faire enculer par les CRS que par de Gaulle. » Et voici la meilleure : « En période révolutionnaire, les imbéciles cessent de l'être. »

Commence dès lors sa tournée du Nord, qui confirmera son lien indéfectible avec les chaleurs azuréennes, qu'une carte postale envoyée à ses parents résume parfaitement : *Le temps demeure décidément gris et j'ai hâte de retourner dans le Sud. De toute façon je vais au Luxembourg et en Belgique et ce sera tout pour les régions nordiques que je ne vous conseille nullement. Rien ne vaut le soleil.* S'il avait trouvé les Strasbourgeois plus germaniques que les Allemands, les Liégeois sont plus américains que les Yankees, dont les grands magasins *couvriraient de honte* les enseignes montréalaises, il ne se rend pas compte que la Belgique est plongée dans une crise politique qui lui est coutumière, entre Flamands et Wallons, le gouvernement a démissionné depuis quatre mois, mais l'on sait tous que la Belgique n'a pas besoin de gouvernement pour se diriger, une illusion de possibilité de gouvernement suffit, c'est aussi dans une université que la crise a commencé, celle de Louvain, où les nationalistes flamands ont exigé que les francophones quittent les lieux, boutons la section française de l'université hors des murs scandent en flamand les Flamands, Gil quitte la crise tranquille de la Belgique, à part les Ardennes rien ne l'a excité et il juge les routes belges infectes, va savoir pourquoi, de retour en France assis à une terrasse face à la cathédrale de Reims il prend non pas sa première coupe de champagne, mais une bouteille au complet, qui ne coûte tellement rien *qu'elle ne coûte pas*, il n'en revient pas, *après Laon, ville très jolie et féodale, voici Reims. C'est peut-être de toute la France la ville où les gens sont le plus sympas. J'en suis presque ému. La cathédrale est belle mais à Laon l'ensemble est mieux. Tu me manques beaucoup mais je n'arrive plus à me faire dans ma tête ton visage. Et le pire c'est que j'ai oublié ta photo. Enfin. PS : Tout le monde croit que je suis de Marseille*, puis la pluie intense le force à rester une journée de plus, le voici confus, mêlé entre l'ennui de son amour naissant et un sentiment de plénitude, de bien-être, *me voici bloqué à Reims. Hier il faisait chaud et ensoleillé, à Maubeuge un flic marseillais, qui à cause des plaques d'immatriculation de mon scooter et de mon teint foncé m'avait pris pour un compatriote, me confiait que c'était la première fois qu'il faisait si beau depuis huit mois. À mon arrivée à Reims, le ciel était déjà à moitié couvert et bientôt la pluie arriva. J'aime beaucoup cette ville. Elle n'est pas riche ni belle, les gens n'ont rien de spécial. À mon arrivée à l'auberge de jeunesse il y avait une brise qui parcourait les couloirs et les salles, signe précurseur du déluge qui s'annonçait. Dans le jardin en arrière une fille blonde, environ vingt et un ans, chantait une triste complainte de Barbara en cueillant des roses dont l'odeur stimulée par le vent perméait l'auberge. Un cerisier plein de ses fruits complétait le charme de l'ensemble. Je partis voir la cathédrale, sans doute la plus belle de toutes sous un ciel lourd et sombre et tandis qu'à l'intérieur je regardais l'immensité de ses espaces à travers la grande porte ouverte sous la rosace subitement sombre, la pluie commença à descendre avec une violence qui cadrait bien avec ce temple centenaire. Dans les cafés et autour de la cathédrale toute une populace fort simple, variée, se presse à boire du café ou du champagne, c'est au même prix. De retour à l'auberge, le son des guitares émane du sous-sol où quelques couples sont en train de faire tourner des disques.* La cathédrale qu'il trouvait bien mais pas aussi belle que celle de Laon est devenue la plus belle de toutes, preuve s'il en faut qu'il suffit d'entendre la complainte d'une jeune fille en fleurs pour modifier l'univers entier, je ne sais pas pourquoi Gil est reparti de Reims ; à le lire on pourrait croire qu'il a trouvé si ce n'est le Paradis, du moins le sien.

Cette même sensation traverse ce jeune couple couché dans l'amphithéâtre de la Sorbonne en ce 16 juin 1968, ils ne savent pas qu'ils sont les deux derniers occupants des lieux, enlacés et profondément endormis, ils ne se sont pas rendu compte de l'arrivée de la police, de l'évacuation de l'université, on leur apprend la nouvelle, ah bon, cette anecdote futile résume à elle seule le vent de l'Histoire passant parfois au-dessus des chefs de la plupart d'entre nous sans que nous sentions nos épis remuer, dis donc c'est propre ici remarquent les deux amoureux en suivant les policiers, eh oui les étudiants ont fait le ménage, pas mal pour des barbus dévergondés et des filles de mauvaise vie, et comme le décrit Gil, quand les jeunes gens préfèrent s'enlacer, cueillir des roses et faire tourner les disques, plutôt que de lancer des pavés, ça sent la fin de la révolution.

*

À part de ça, comment vas-tu ? Peut-être as-tu trouvé un nouvel ami qui peuple tes journées ? J'espère que non et d'ailleurs j'ai écrit « ami », et pas plus, presque instinctivement tellement cet espoir est fort. Par contre, tu es totalement libre de faire ce que tu veux. D'ailleurs on dit loin des yeux loin du cœur. Mais pourtant je garde un petit espoir de te retrouver en septembre. Ne te sens pas gênée si arrivé en septembre un autre garçon t'ayant choisie, tu devais me signifier mon congé. Non pas que ce serait mon congé car dans les sentiments il n'y a point de congé, mais plutôt le tien parce que je ne voudrais pas te voir ni dérangée ni hypothéquée par un ancien attachement dont tu ne voudrais plus. Peut-être même quelques mots bien dits de ta part dans une lettre me feraient savoir l'état réel des choses. Tu peux m'écrire à l'auberge de jeunesse d'Anglet, route des vignes, quartier Chiberta, 64 Basses-Pyrénées. Par contre, si comme je l'espère aucun mauvais garnement n'a subtilisé ma douce Carole (Ô supposition gratuite que tu fais là, Gil, ne connais-tu point Montréal ?), j'aurais plaisir à le savoir. Mais le contraire sans m'être particulièrement chaud au cœur ne m'enverra pas au fond de la Seine, aussi n'aie point peur d'être franche. Mettons un autre point à ces considérations purement hypothétiques.

Épilogue : ayant bu du vin me voici à continuer. Pour te dire que je pense à ce malheureux ami à toi qui était parti en France faire ses études (médecine à Grenoble était-ce ?) et qui t'écrivait des lettres d'amour. Et toi toute confuse devant cela ne sachant pas quoi lui dire. Et je me demande si ce n'est pas ainsi pour ma lettre. Aussi plutôt que de te déclarer mes sentiments ici je le ferai le jour où je te verrai de mes propres yeux et que je saurai qu'il n'y a pas quelqu'un d'autre. Mais enfin...

Sous un ciel froid et pluvieux il revient à Paris, *on dirait Montréal fin octobre*, et pendant que les deux ouvriers de Sochaux quittent la mairie de Montbéliard allongés dans leur cercueil, suivis d'une foule immense, ceux de Boulogne-Billancourt ont repris le travail après trente-trois jours de grève et d'occupation. Il n'y a plus de doute, la France se remet doucement au travail, il y a bien çà et là quelques poches de résistance, que Gil et André Malraux continuent de mépriser, *les étudiants parisiens sont de grands imbéciles. Leur maturité égale à peu près celle de nos jeunes yéyés de 15 ans. Très dommage*, c'est Gil qui l'écrit, pas Malraux, mais le bougre, Gil encore, profite de l'accalmie en se promenant sans danger cette fois-là où il veut, comme à Pigalle, *toute une place ! Quoique bien diluée de la méchante réputation qu'on aime lui faire. Avant-*

hier je suis allé sur le boulevard Saint-Germain. Les gens sont incroyables. S'asseoir à la terrasse d'un café et les regarder est tout un spectacle. Je suppose qu'ils pensent la même chose de moi, il se régale quelque temps de cette comédie humaine, mais son rapport à la Ville Lumière a toujours été compliqué, lui qui était à la fois sous la coupe de la fascination architecturale, intellectuelle, artistique, et incapable d'y voir autre chose que des façades haussmanniennes, des vitrines de grand magasin, des comptoirs de bistrots et des terrasses de fumeurs de Gitanes ; la vraie ville, il n'a jamais cherché à la connaître, une claustrophobie métropolitaine s'emparait de lui après quelques jours dès qu'il arpentait les avenues des villes, à Montréal la faible densité, la campagne vite atteinte, la présence de la nature dans les quartiers périphériques le soulageaient prestement, lui l'enfant né pourtant dans l'une des mégapoles du monde a de tout temps ressenti un tel besoin d'horizon que la verticalité des villes, même celles d'Europe, que seul Céline percevait comme des cités couchées, finissait par l'étouffer.

Le froid perdure, et la fin de la crise se mue en ardent désir du retour à l'Ordre, c'est la gueule de bois titre *L'Express*, la gauche démocrate et socialiste a beau s'égosiller que le gaullisme est seul responsable du désordre, rien n'y fait, les partisans du général enregistrent une forte poussée au premier tour des législatives, on ne sait pas qu'au second tour ce sera le raz-de-marée gaulliste, trois cent cinquante-huit sièges sur quatre cent quatre-vingt-cinq, le long de la côte normande où roule maintenant Gil *il fait un vent de tonnerre accompagné d'un froid de loup.*

« E pur si muove ! », il y a des gens assez fous pour se baigner dans la Manche, à Cherbourg, Gil se permet d'envoyer une carte postale recopiant les impensables vers « en-chantés » de Jacques Demy et Michel Legrand tournés cinq ans auparavant, *Non je ne pourrai jamais vivre sans toi, / Un instant sans toi et je n'existe pas...*, à Brest ce n'est plus au mois d'octobre qu'il pense mais à novembre, et novembre au Québec, ça commence à signifier les grandes froidures qui se pointent, pluvieux, brumeux, froid, venteux, on peut se demander pourquoi cette obsession météorologique chez lui, mais en scooter comme à la voile, la météo reste la seule parole essentielle, je me souviens avoir presque reçu une baffe lorsque j'avais osé émettre un son pendant l'écoute quotidienne du bulletin météo à bord du voilier, je me rappelle la recherche désespérée du poste sur le transistor en pleine mer, entre deux grésillements et trois fritures, puis la voix lointaine annonçant qui une tempête, qui une éclaircie, la houle, la marée, l'ondée, le creux de vague, la direction du vent, sa force, sa mollesse, l'échelle de Beaufort, le grain à venir, le front froid à fuir.

*

Le navire qui orne la carte postale que Gil Kemeid envoie de Brest le 25 juin 1968 se nomme le *Libertad*, bateau-école de la Marine argentine ce trois-mâts

Le *Libertad* dans la Penfeld, un matin de brume
Brest

carré est l'un des grands voiliers des sept mers du globe, on le voit sur la Penfeld un matin de brume, on pourrait dire un matin tout court à Brest, il détient le record mondial de traversée transatlantique à la voile réalisé deux ans auparavant, Canada-Irlande en six jours et quatre heures, il faut dire que ça soufflait pas mal sur les deux mille six cents mètres carrés de voilure répartis en vingt-sept voiles et cinq focs, ah ils sont heureux les vieux Brestois de montrer aux jeunes hippies ce que devrait être la jeunesse, regardez-les ces cadets argentins comme ils sont beaux, pas comme la chienlit gauloise, cheveux coupés ras les jeunes Argentins, Gil les adore ces vieux Bretons qui ont *un accent un peu canadien. Ils sont roux avec des taches de rousseur, des yeux bleus. Ils ont le teint clair, un peu anglo-saxon. J'ai traversé le village de Kermat, je me demande si l'ancêtre breton des Kemeid venait de là ?*, le pire c'est qu'il ne rigole pas le Levantin, qui farfouillait comme on l'a vu ses racines françaises, mais là où la beauté du mythe se mue en forfanterie n'hésitant pas à plonger dans les eaux amères du ridicule, c'est lorsque des hurluberlus du type de mon père avançaient sans rire que le chevalier de Kemeid – éclatement de rire – avait accompagné Saint Louis dans ses croisades, et que ce chevalier portait un nom breton donc nous sommes bretons – re-éclatement de rire –, à la vue de Kermat, Gil s'émeut et se met à réactiver la folle hypothèse, or s'il s'arrêtait deux secondes pour être honnête, il n'aurait d'autre choix que d'avouer l'inavouable, à savoir que Kermat ne partage aucun atome originel commun avec une quelconque partie de l'histoire des Kemeid, je suis d'ailleurs prêt à parier que de tous les recoins du monde qui ont un lien avec ma famille paternelle, et ils sont nombreux, de l'Italie à l'Iran en passant par les déserts d'Arabie, les pyramides de Gizeh et les montagnes libanaises jusqu'aux recoins nubiens, Kermat hameau du bourg de Guiclan dans le Finistère nord peut se vanter avec certitude n'avoir jamais eu en son sein aucune trace de Kemeid avant le passage des roues de la Vespa 65 de Gilbert Samir Kemeid en ce jour de la Saint-Jean-Baptiste de 1968, et encore moins un ancêtre devenu basané, Dieu soit loué dirait l'autre Breton de La Trinité-sur-Mer, Jean-Marie, il ne manquerait plus que ça, Kermat bastion des Kersauson, ça oui, mais des Kemeid, ça jamais, Ker veut dire village en breton au cas où on ne l'aurait pas deviné, le village de Mat, quant à Kemeid, il y a plus de chances que ça vienne de Kamid, qui désigne en arabe une personne dont la couleur a pâli à la suite de soucis ou d'une maladie, et vous savez quoi, à bien y penser, c'est si misérable comme étymologie que je comprends tout à fait qu'un réflexe de défense du dernier bastion de fierté avant l'invasion de la honte nous pousse à imaginer un chevalier de Kemeid originaire de Kermat afin de fuir la possibilité, voire l'inéluctabilité, d'être simplement les descendants d'un tuberculeux verdâtre issu d'un erg quelconque dans un désert sans nom.

Mais comme ils l'ont aimée cette Bretagne originelle les Kemeid, mon propre grand-père m'y emmena lors de mes treize ans, comme il emmena mon frère six ans plus tard, dans une espèce de pèlerinage sur les traces familiales sans jamais tremper un orteil sur les rives du Moyen-Orient, direction Carnac et non Karnak, nous étions passés à Morlaix et je collectionnais les écussons en tissu, j'ai encore en ma possession celui frappé de l'adage « S'ils te mordent, mords-les », et du haut de ma petite taille de jeune adolescent cet adage j'en fis ma maxime dans les cours d'école, petite teigne alternant entre piques verbales et prises de judo expressément apprises pour s'autodéfendre, *la Bretagne est très belle, avec son paysage aussi violent que son climat, il pleut tout le temps et il fait froid mais tous les habitants y sont habitués alors je suppose que ça ne les affecte pas* écrit à ses parents un jeune homme au verso d'une carte postale en noir et blanc qui semble sortie des premiers temps de l'humanité, à première vue on y voit des huttes aux toits de paille, puis en fronçant les sourcils on remarque en fait que ce sont des habitations dont le seul terme de rustique ne suffit pas à rendre toute la modestie affichée, « *Karget laouen a sklerijenn / Ti koz te 'zo vel eur baradoz* » nous dit la légende, « Pleine de joie et de lumière / Ma vieille maison tu es comme un paradis », extraordinaire paradoxe envoyé par Ulysse du Québec fuyant comme il peut son Ithaque montréalaise mais cherchant ardemment ses sources.

Il est heureux, Gil, enfin en phase avec ses cogénérationnels, qui ont terminé leur crise et commencent à zyeuter vers Katmandou, Zipolite et les Baléares, à Quimper il prend *une petite vacance dans mes vacances, depuis une semaine je fous plus rien en Bretagne, le soleil est revenu et hier je suis allé à la plage*, et pour une rare fois de sa vie, il se lâche un peu, bon c'est quelqu'un de bien mon père, *je pense beaucoup à toi tout le temps* et gnagnagna, qu'il écrit à ma mère, la vérité c'est qu'il a rencontré un Québécois qui effectue un voyage semblable au sien mais en Citroën Dyane – ce modèle basé sur la deux chevaux mais appelé deux ânes –, mise au point pour concurrencer la 4L de Renault en 1967, très populaire en Iran sous le nom de Jyane, c'est-à-dire lion, mieux que deux baudets, non ?, *hier soir nous sommes allés à une discothèque assez bien. Il* [le Québécois en Citroën Dyane] *avait bu un peu et malgré ses pantalons bermuda et sa chemise verte, il est allé inviter l'une des trois seules filles de toute la boîte, pour danser le jerk. Or, ici on ne danse que le rock and roll. Je savais plus où me mettre, il était insistant, il a invité une jolie blonde à danser, elle a refusé. Après elle a été invitée par une fille. Elle a accepté*, le voilà prenant conscience que si le jerk n'avait pas encore débarqué dans les boîtes de nuit de Quimper, les amours saphiques semblaient s'y épanouir avec bonheur.

À Rochefort-sur-Mer, début juillet, il se fait lyrique, après le Kermat des Kemeid le voici dans la ville qui porte le nom de famille de sa bien-aimée. *Chère Carole, enfin enfin m'y voilà. Là où tout a commencé, la source de tant de choses douces et carolessantes qui me viennent à l'esprit. Comment cette ville ne me rappellerait-elle pas toi ? Une certaine rondeur des lignes architecturales, une douceur de vivre, la langueur du soleil de midi, la blancheur des murs, l'accent chantonnant du pays, la fraîcheur des jardins, la franchise des gens. Un peu de gêne lorsqu'on les regarde longtemps, le sourire, Carole je t'aime, la brise du printemps, ils jouent un air russe à la radio, je pense à toi, la route m'attend, je ne pense qu'à toi, les fleurs, la mer, les vagues qui reviennent*, mais passé l'estuaire de la Gironde la débandade amoureuse surgit, il a reçu une lettre de sa flamme non enflammée ou du moins vacillante à l'auberge de jeunesse de Bordeaux, elle lui demande sans aucun doute de diminuer ses feux, de refréner ses ardeurs, ce ne sera pas la première fois au cours de sa vie d'ailleurs, elle précise que le rôle de Pénélope, très peu pour elle, qu'on verra bien, profite pendant ce temps cher Gil, et lui il appuie sur le bouton panique, *mais je ne vois pas quelles circonstances feraient que tu pourrais m'oublier et surtout je ne vois pas pourquoi tu dis « quoi qu'il advienne ». Y a-t-il quelque chose qui risque d'advenir ? Quelqu'un d'autre ou un événement quelconque ? S'agit-il de ces péripéties dont tu parles ? Tu devrais me le dire en m'écrivant à l'auberge de jeunesse de Menton. Je ne pense qu'à toi et ma grande erreur aura été de ne pas écourter mes vacances à deux mois et t'emmener. Quand je reviendrai, si tu es toujours là, nous préparerons ensemble un futur voyage à deux en Europe. Carole je t'aime, j'espère te retrouver. PS : J'ai lu et relu ta lettre dix fois. J'ai presque envie de te téléphoner. En tout cas je t'aime*, c'est si grave que ce radin de la première heure est prêt à dépenser de l'argent pour lui parler au téléphone, mais il préfère risquer la rupture plutôt que payer les frais d'un appel à l'étranger, à moins que ce romantique forcené n'ait eu peur de rompre le charme de sa correspondance épistolaire en faisant entendre le son de sa voix, quel casse-pieds.

C'est aussi un casse-pieds de première qui reçoit des bouteilles et des pierres lancées par des émeutiers en ce jour de la Saint-Jean-Baptiste à Montréal, fête nationale du Québec célébrée par les indépendantistes, l'homme qui reçoit les projectiles est assis sur l'estrade d'honneur face au défilé, il a remplacé il y a quelques mois Lester B. Pearson à la tête du Parti libéral du Canada, et accessoirement à la tête du pays, le même Pearson qui avait bouté de Gaulle hors du Canada à la suite de son « Vive le Québec libre ! » avec cette magnifique réplique « Les Canadiens n'ont pas besoin d'être libérés », et toc, mais cette fois c'est au son de « Trudeau au poteau », « Trudeau le traître » que le *Beau Brummel*, premier politicien canadien à être suivi par de jeunes groupies en liesse lors de ses meetings électoraux, est accueilli par la jeunesse montréalaise en pleine effervescence indépendantiste, la police charge la foule, deux cent quatre-vingt-dix personnes sont arrêtées, cent vingt-cinq sont blessées, on appellera ce jour « le lundi de la matraque », le lendemain ce sont les élections fédérales, et fort de sa matraque assenée aux forces séparatistes, ces « porteurs de haine » qu'il a comparés aux assassins de Robert F. Kennedy, rien que ça, Pierre Elliott Trudeau soutenu par nombre de Canadiens anglais terrorisés par la montée du mouvement indépendantiste québécois entre en force au Parlement avec une majorité écrasante et s'y installera confortablement pour les seize prochaines années, assurant le trône à sa progéniture, traversant le pays du vin Gil écrit à ses parents, très admiratifs de l'élégant libéral aux mœurs modernes, *j'ai lu dans le journal que votre poulain Trudeau est rentré. Félicitations. Ceci hâtera la libération des pouilleux, tout en gardant les autres heureux*, sur le coup en lisant cette carte postale je n'avais pas compris la référence aux pouilleux, il me fallut replonger dans mes livres d'histoire, cela fait référence en fait à une entrevue donnée par Trudeau à la presse canadienne-anglaise quelques mois auparavant, il est alors ministre de la Justice, où il stipule que les Québécois – dont il fait partie – devraient cesser de revendiquer davantage de droits et employer ceux qu'ils ont déjà pour améliorer leur « *lousy French* » parlé au Québec, dans un premier temps une bienveillante traduction offrira aux francophones l'expression de « mauvais français » pour rendre « *lousy French* », puis d'autres traducteurs useront du terme « français pouilleux », étaient-ils plus vigilants ou simplement indépendantistes, va savoir, dans tous les cas ce français pouilleux a permis deux ans avant cette entrevue à l'un de ses illustres défenseurs, Réjean Ducharme, d'entrer chez Gallimard et de rater de peu le Goncourt, mais peu importe pour Pierre Elliott Trudeau dont les initiales font la joie des méchants séparatistes à l'humour rabelaisien, ici appelés pouilleux, qui en effet verront leur désir de libération se raffermir car dans quelques mois ils fonderont le Parti québécois, dont les initiales, PQ, ont toujours fait sourire de l'autre bord de la grande flaque, décidément, difficile en politique de quitter les cabinets, ce chapelet vulgaire rejoint la chienlit chère au général, mais la seule chose qui compte en ces temps de bouillonnement quand on roule en Vespa, c'est que *la côte Atlantique est très belle à partir des Sables-d'Olonne.*

*

Cachetée par l'étampe de Biarritz dont le slogan proclame « Vacances heureuses, climat idéal toute l'année », la carte postale envoyée le 5 juillet 1968 nous dévoile l'une des images iconiques du coin, la villa Belza, tout à la fois de style mauresque, Art déco et néo-médiéval, à mi-chemin entre le mille-feuille architectural, pour ne pas dire la tarte, et la fantaisie de dessin animé, *belza* veut dire « noir » en basque, et les origines de ce nom renvoient aux théories les plus loufoques, dont une gouvernante antillaise qui aurait sauvé des enfants de la furie révolutionnaire en 1789, et depuis leurs descendants accolent « Belza » à leur nom, en ce haut lieu et dans les alentours de ce temple de l'estivage bourgeois convolèrent aristocrates russes, souverains britanniques pronazis, Oberfeldkommandanturen et maintenant *jeunes Américains à la recherche des grandes vagues pour faire de l'aquaplane, vieux Espagnols soucieux de voir*

Villa Belza
Biarritz

un pays étranger sans partir loin, riches Français qui snobent la Côte d'Azur et toute une panoplie de beatniks fraîchement arrivés de San Sebastián.

Quittant les planches de surf et ses Américains blonds, enfourchant sa Rossinante, mon Sarrasin de père franchit le col des Pyrénées, voit Roncevaux au loin, en plissant fort les yeux cela s'entend, sonne du cor moderne, c'est-à-dire envoie une carte postale, puis foule les terres d'une des nombreuses dictatures qu'il visitera cet été-là.

5

C'est dans un autre monde qu'il est propulsé, non pas que l'Espagne n'ait pas connu son lot de grèves et de perturbations étudiantes, comme le 11 janvier précédent où des étudiants en sciences politiques à Madrid ont mis le feu à un autobus, parce qu'un concert a été interdit à la Faculté, mais très vite tout rentre dans l'ordre, d'abord parce qu'une police universitaire est instaurée, ensuite parce que le type aux manettes de l'État s'appelle Francisco Franco, un des rares dictateurs à avoir traversé la Seconde Guerre sans embûches, autoproclamé chef à vie depuis 1939, cependant il se caramélise le vieux galonné, car l'année précédente il a presque lâché du lest, autorisant l'introduction de députés locaux au Parlement, ainsi que l'existence de quelques associations citoyennes, à condition qu'elles soient assujetties au pouvoir, tout ça pour dire que côté fiesta, ça se passe plutôt à Biarritz qu'à San Sebastián en ce 5 juillet 1968, en outre chez les Espagnols il n'y a pas de vagues sur la plage où tous s'entassent comme des sardines, un peu déçu Gil continue de rouler, Bilbao il trouve ça nul, il n'y a pas encore le Guggenheim de Gehry, le pont de Calatrava et le tramway hypermoderne, personne ne parle de Bilbao et de son effet, mais aux abords de Santander les monts Cantabriques se dressent enfin et viennent rompre la monotonie de la route, *moi qui m'attendais à trouver une Espagne torride et désertique, je vois des montagnes genre alpages suisses avec des pics enneigés et des forêts de sapins. Enfin, Bilbao est décevante mais le León est de toute beauté. J'ai rêvé de toi hier soir. Moi qui avais oublié ton visage il y a un mois je le vois maintenant comme si tu étais devant moi*, évidemment il a une apparition sur le chemin de Compostelle, ébaubi par le non-espagnolisme de ce coin de pays, *où la nature trahissant le folklore ibérique s'est nordifiée. Non espagnole par la nature car les villes le sont au maximum. Ici à Ovideo on n'échappe pas à la règle. De midi à 5 h tout est fermé. Vers 9 h les gens décident de souper. Ils se promènent dans les rues très chics, s'assoient dans les parcs et cafés et prennent de la fraîcheur après la journée étouffante. Les meilleures heures de la journée : 7-11 h du soir*, mû par la beauté sauvage des Picos de Europa, puis par la rudesse galicienne, il roule comme un forcené à travers cette Bretagne espagnole peuplée de Celtes ibériques, culminant avec l'apothéose tant attendue de Saint-Jacques-de-Compostelle, ah ils ne sont pas si nombreux les chrétiens du Moyen-Orient à avoir fait Compostelle sur un scooter, il en oublie sa quête le Levantin, au diable vauvert Sainte-Sophie de Byzance et Saint-Joseph de Beyrouth, si le visage de sa Beatrix lui est apparu entre deux coquilles Saint-Jacques, que va-t-il lui arriver à Santiago, Dieu du ciel sera-ce Vous-Même, ou Votre Fils qui m'apparaîtrez ? ou mieux, Votre Mère, et mon père se mit à angoisser profondément sur la nature de cette Mère qui surgirait des cieux, si c'est la mère de Jésus, je suis sauvé et Rome me bénira, si c'est la mère de Dieu, adieu le diophysisme, me voici monophysite, syriaque orthodoxe et qui sait nestorien, je serai hérétique et condamné à brûler, de mon vivant comme en enfer, faites Seigneur que rien ne surgisse, ce sera plus simple, faites que je n'entende rien, on le sait depuis Jeanne d'Arc que ça finit mal quand on entend des voix, il dévale les vallons, franchit les gués, enjambe les torrents, vide son réservoir, n'applique les freins que rendu aux portes d'un bâtiment consacré à un pêcheur du lac de Tibériade qui abandonna ses filets pour devenir apôtre sous le nom de Jacques de Zébédée, s'ensuit la déception la plus totale : *Je suis assis sur le parvis de la cathédrale en t'écrivant ces mots. Je ne sais quels sentiments me parcourent après avoir vu cette église. Il s'en dégage une impression bizarre et païenne dont j'ai peur qu'y soit mêlé du dégoût. L'extrême complexité, les dorures et bronzages, les sculptures miniaturisées chargent tellement les espaces sombres du temple que l'on se sent noyé dans une sorte de folie tridimensionnelle. Il n'y a plus de lignes, plus de point, plus de surfaces, mais simplement un immense gazebo. C'est la cathédrale de Québec multipliée par l'église Notre-Dame de Montréal.* Lui qui redoutait une apparition qui l'aurait voué aux flammes de l'hérésie, le voici devant partir prestement avant de devenir païen.

*

Il longe la façade atlantique vers le sud, dernier contrefort occidental de l'Europe, passé Vigo pénètre dans la dictature la plus vieille du vieux continent, António de Oliveira Salazar dirige le pays de sa main de fer depuis 1932, abreuvé par son cocktail fasciste, l'*Estado Novo*, mêlant l'autoritarisme au catholicisme, saupoudré d'un zeste d'anticommunisme, la boisson indigeste est complétée par les ingrédients habituels, soit la torture, les arrestations arbitraires et les disparitions, les Portugais sentent les derniers souffles fétides du Vieux car dans deux mois la crapule subira miraculeusement un accident vasculaire cérébral, le laissant si diminué qu'il se croira encore à la tête de son pays jusqu'à sa mort en 1970, mais pour l'instant le régime continue de naviguer à contre-courant de l'Occident, refusant de suivre les vents de la décolonisation, mieux, consolidant son empire africain, de la Guinée-Bissau à l'Angola, du Mozambique à Sao Tomé-et-Principe, sans oublier les îles du Cap-Vert, à grand renfort de fusils d'assaut et d'hélicoptères Alouette III construits par Sud-Aviation, la charmante compagnie dont Maurice Papon préside le conseil d'administration et qui était en grève il y a peu, les forces armées portugaises doivent mater les indépendantistes instruits par les Cubains et les Allemands de l'Est, armés par les Russes, les Chinois et les

Tchécoslovaques, les morts se comptent par dizaines de milliers dans ces régions, il faudra attendre le 10 novembre 1975 à minuit pour que la dernière botte portugaise quitte le sol rougi de l'Angola, seule colonie européenne à subsister en Afrique, dès le lendemain le pays plongera dans l'une des guerres civiles les plus meurtrières du continent, et tous ces diamants, ce pétrole, ce sucre, ce cacao, ce coton, ce bois pour enrichir qui ?, certainement pas la populace portugaise, *beaucoup plus pauvre que l'Espagne, on voit couramment les paysans laver leur linge au bord des routes, les femmes porter de lourds fardeaux sur la tête, des enfants enguenillés-va-nu-pieds, des mendiants et des gitans. Autant l'architecture en Espagne était-elle chargée, autant ici est-elle simple et belle. Les églises reluisent au soleil, les maisons sont de toutes les couleurs* écrit-il à la fois émerveillé par les splendeurs du pays et terrifié par ses conditions socio-économiques, et plus les jours passent plus la terreur se substitue aux splendeurs, *je suis de très mauvaise humeur depuis hier : une multitude de choses m'y ont conduit. Je ne comprends pas un mot de ce que l'on dit ici. Les routes sont très mauvaises. L'eau de la mer est frigorifique, on se croirait à Percé. Tout est d'une saleté repoussante. Les installations sanitaires sont dégueulasses. Il n'y a pas d'eau chaude. Dans ma chambre hier une immense coquerelle. Des puces. Les conducteurs de voiture s'évertuent à jouer du klaxon à tort et à travers pour tout et pour rien, ce qui rend le trafic insupportable. Je leur crie en plein visage : « Ah-shuddap. » Mais ils continuent. Ils souffrent tous d'une klaxonite terminale. Et pour finir, les effets de cette stupide grève des Français ont fait baisser leur franc et j'en perds quotidiennement de l'argent*, il a dû se baigner dans les environs de Porto avant d'entrer dans les terres vers Viseu la magnifique, terre natale de Salazar, pour qu'il se croie dans les eaux semblables à celles qui baignent le rocher Percé en Gaspésie, notre Galicie à nous au Québec, il faut vraiment qu'elle soit glacée, on avait cette croyance qu'elle était à moins dix degrés Celsius mais que le courant l'empêchait de geler, cette situation ainsi que le confort sanitaire relatif le font envoyer les Portugais à la même poste restante que les Français, on verra que les Espagnols ne perdent rien pour attendre, son sourire reviendra cependant à Salamanque, après avoir traversé les plaines céréalières il admire l'université et la cathédrale, avoue que la Place des Rois de Viseu c'était bien aussi, puis rendu à Avila comprend enfin l'Espagne estivale : c'est le soir que la vie se déroule. *Les journées sont chaudes et vides mais vers 5 h de l'après-midi la vie commence jusqu'à minuit et plus. Les gens soupent à 10 h. Je commence à aimer une certaine architecture espagnole du Moyen Âge tout en gardant mes distances de l'art gothique, renaissance baroque, rococo et je ne sais quoi d'autre qui malheureusement infestent ce pays que j'aime. Me voici à Avila, bourg moyenâgeux entre Salamanque et Madrid. Le dimanche est jour de fête ici et les gens défilent endimanchés sur les* plazas. *Hier soir vers minuit quelques garçons vêtus d'habits de fête des siècles passés, mandoline, guitares et tambourins à la main sérénadaient les passants dans la nuit. C'était frais et délicieux.*

*

La fatigue sans doute, ainsi que la tentation de goûter davantage à cette vie nocturne, le poussent à s'arrêter quelques jours, séjournant à l'auberge de jeunesse de Madrid. *Madrilène par obligation puisqu'obligé de patienter tandis que mes vêtements subissent maintes ablutions prodiguées par des lavandières émérites, me voilà errant dans les allées et venues du grand bourg ibérique. Des calèches sans chevaux se suivent sans arrêt à travers les sentiers achalandés. Les estaminets et les tavernes pétillent de gentilshommes (et leurs gentilles femmes), les marchands étalent leurs produits dans les marchés, les gazetiers vendent leurs gazettes tandis que les vieux clochers sonnent le glas de la dernière année à l'aube de la nouvelle qui demain s'étalera au grand jour : ce sera le 18 juillet, fête nationale.* Comme dans toute bonne auberge espagnole il n'y a aucun Espagnol ; en compagnie de Québécois, de Français, d'Américains, d'Anglais, d'Australiens et de Sud-Africains il célèbre le pays, *avec quelques copains copines* ils vont voir une corrida – *c'était absolument barbare* –, puis achètent quatre bouteilles de vin – *pour un dollar* précise Gil – et vont boire dans un parc, *une vraie soûlerie* écrit-il. Elle est belle dis donc l'austère Espagne franquiste…

Tout enchanté par sa parenthèse madrilène, il se dit que la poursuite logique serait d'échouer aux Baléares, *More* de Barbet Schroeder ne sortira que l'année suivante, mais déjà Ibiza et Formentera font scintiller leurs attraits chez les fumeurs de chanvre depuis 1964, sorte d'enclave libre au cœur de la dictature franquiste, il rate le bateau, continue de rouler jusqu'à Barcelone, *une ville agitée, un vrai port de mer avec ses femmes, ses marins, ses endroits infâmes. Les gens défilent devant moi tous peinturlurés, un peu saouls, un peu tristes. Il y a beaucoup de lumière, il fait bon. Les Scandinaves, les Amers, quelques Français, des hommes endormis en plein trottoir, des blondes... Je prends le paquebot demain à dix heures. J'espère que je n'aurai pas le mal de mer*, il manque le bateau pour Minorque, deux en deux, un acte manqué car jamais n'embarquera-t-il sur la barque hippie, aujourd'hui comme dans les années à venir, se tape la Costa Brava pour s'en remettre, Tossa de Mar et Sant Feliu de Guíxols ne sont pas encore devenues des stands de cartes postales, il y retrouve une authenticité manquante sur la Côte d'Azur, tout cela il aime bien, mais il roule comme un dément, de l'aube à la nuit, est-ce le vent qui le grise, le bitume avalé qui le stimule, une chimérique destination à atteindre ou insidieusement le poison de l'ennui qui se distille dans ses veines, pourtant le voici enfin au centre du monde, mais la gare de Perpignan le laisse de glace, à peine s'il prend le temps de s'adresser à ces cinq Québécoises qu'il croise et qui ont loué une Renault 16 avec laquelle elles font le tour de l'Europe, la solitude commence à lui peser, il lui faut du neuf, de l'improbable, du fantastique, *je commence à avoir hâte d'atteindre la Yougo et je crois que je vais bâcler le nord de l'Italie. C'est dommage car Aoste et Lugano sont à voir. Enfin, on ne peut pas tout faire. Je regretterai surtout les Dolomites. Mais il y a le Monténégro pour me réconforter*, nous sommes le 24 juillet et son but est d'atteindre Istanbul le 15 août *et après j'hésite entre Prague et Beyrouth. Ce sont deux itinéraires fort différents*, indeed.

Sa célérité est devenue telle qu'il peut régler le sort d'un pays en une ligne, comme avec cette *ville très snob, une petite Suisse où se côtoient riches et pseudoriches*, qu'il traverse en ne s'arrêtant que pour le plaisir d'étamper Monaco sur sa carte postale, mais à Gênes il ne peut plus soutenir ce rythme, l'affaissement survient. *Je viens de relire encore une fois ta lettre. En effet c'est avec celle que j'ai reçue à Bordeaux le seul lien qui me rappelle le Québec. C'est incroyable à quel point je suis las et quelques fois j'ai envie de tout laisser et de revenir à Montréal. Malheureusement il y a tant à voir et j'ai si peu de temps que je ne puis réellement goûter à tout. Le fait que je sois seul n'aide pas non plus. Avant, il y a deux ans, j'étais habitué à la solitude et la recherchais. C'est dans cet esprit que j'avais conçu mon voyage. Mais entre-temps j'ai désappris et maintenant je ne retrouve plus les plaisirs du nomade.* Le vrai voyage va bientôt commencer : celui qui suit la dépossession des anciens oripeaux, l'abandon des certitudes, l'arrêt ou, mieux, l'oubli de la quête.

Golfo Paradiso
Gênes

*

Est-ce en voyant la tour penchée qu'il accepte enfin de laisser aller sa gravité ? Quoi qu'il en soit, le déclic se produit à Pise, après l'épisode de dépression génoise, il aurait voulu que cette nouvelle légèreté soit due aux Italiennes, beaucoup plus intéressantes que leurs compatriotes masculins, ceux-ci *tellement après les filles qu'ils deviennent antipathiques et ridicules*, mais c'est grâce à une Américaine que la détente le gagne, qui l'a laissé *fumer du chanvre indien. C'est formid et j'y prends goût. Elle vient de Californie et en fume tous les soirs. C'est sensass*, oulala Carole, tu es en train de perdre ton Gil d'Arabie, mais fort heureusement, tu t'en fous un peu, parce que pendant ce temps au Quartier latin de Montréal, en ce 27 juillet 1968, le chanvre indien n'a pas besoin de Californienne pour circuler. À la mélancolie s'ajoute la deuxième malédiction du voyageur, celle de la maladie, chopée probablement à cause de l'eau, comme les maux ont souvent tendance à s'accumuler, il se retrouve dans une drôle de situation, peut-être aussi est-ce dû à la consommation excessive de chanvre indien ou aux contacts répétés avec d'intéressantes Italiennes, de libres Californiennes et de chaleureuses Québécoises ?, *me voici à Florence et en mauvaise posture. En effet je viens de perdre mes clefs de scooter et j'espère bientôt les retrouver. Les cinq filles québécoises que j'avais vues en France, les revoici ici et je vais probablement les retrouver à Rome*, on n'en saura pas plus, si ce n'est qu'il n'ira jamais à Rome, troquant les antiquités romaines pour les soirées festives de la station balnéaire de Rimini, cent fois plus attirantes pour un gamin de son âge, en témoigne la seule des cent cartes postales envoyées à arborer enfin du modernisme, de la contemporanéité, autre chose qu'un portique de cathédrale, une gargouille d'église, un palais renaissant, une maison moyenâgeuse, un petit port de pêche, un château, un paysage de montagne ou de mer, une statue de commandeur, une vieille rue de village, ces images plus typiques les unes que les autres, et à force d'être typiques elles se ressemblent toutes, sont interchangeables, on pourrait croire en les parcourant rapidement que mon père n'a pas bougé d'un iota, qu'il est resté dans la même ville européenne, n'importe laquelle car n'importe laquelle possède cette iconographie à elle seule, ce qui explique que je sois passé à côté de cet attirail pendant quarante ans, la mosaïque de ces cartes postales semblait illustrer le tour des retables si chers aux anciens Guides verts Michelin, rien de moins sexy, rien de moins intéressant, de moins original, et aucune de ces images ne pouvait rendre la poussière des chemins, la liberté des deux-roues, la licence licite des auberges espagnoles, le chanvre des Californiennes, les dictatures vacillantes, l'assaut de la jeunesse parfois plus efficace en dehors des officines du pouvoir, non pas une seule de ces cartes sauf celle de Rimini, dont l'esthétisme tranchait avec tout ce que j'avais pu voir jusque-là, la photo dévoile un night-club expérimental dont le plafond semble être constitué de miroirs réfléchissants, une scène rétractable, des boîtes de son amovibles, des musiciens qui semblent bidouiller sur leurs consoles respectives, les jeunes gens tous plus beaux les uns que les autres, vêtus de costumes qui pourraient être encore dans le vent aujourd'hui, assis dans des coques blanches qu'ils peuvent disposer où bon leur semble, il s'agit de l'Altro Mondo, oui un véritable autre monde que lui font découvrir deux gentilles Américaines avec lesquelles il a passé *quatre journées adorables à Florence*, il peut bien avoir égaré ses clés de scooter le riquiqui Casanova de Rimini, le voici spirituellement dépucelé, basta mon vieux avec tes vieilles statues équestres, ton David de Michel-Ange et ton Duomo, entre maintenant dans le temple de ton temps, ce sont de jeunes architectes comme toi qui l'ont conçu, Gil, à la différence que les vieilles pierres, ils n'en ont plus rien à faire, mieux, ils veulent les raser, d'ailleurs n'ont-ils pas célébré en grande pompe l'inondation de Florence il y a deux ans ?, pur bonheur pour eux de voir les innombrables œuvres d'art englouties dans ce maelström salvateur imposé par la Fortuna, nous nettoierons les rues éternellement ombragées par le passé gangrené pour dégager de nouvelles artères au soleil, et puis ces jeunes architectes ne passent pas leurs nuits dans les études de Vitruve mais plutôt sur le plancher de danse du Piper Club, la légendaire boîte de nuit romaine ouverte le 17 février 1965, inventée par Manilo Cavalli et les frères Francesco et Giancarlo Capolei, assistants de recherche pas encore architectes, payés au salaire minimum, inspirés par le beat, le Warhol d'avant le Studio 54 et le Velvet Underground, pour la première fois l'espace entre la scène et le public est aboli, finie la fosse, exit l'escalier, les portes et les autres encombrements, place à toute la place pour le *dancefloor*, aux projections sur les murs, aux lumières laser et stroboscopiques changeantes, les jeunes Italiens viennent d'inventer la boîte de nuit moderne, tout ce qui compte de *cool* à Rome s'y presse, les architectes florentins font 1 + 1 avec l'inondation et le Piper Club, regroupés autour du professeur Leonardo Savioli, influencés par un autre professeur de sémiologie du nom d'Umberto Eco, ils décident de fonder un mouvement qui rejette l'idée de bâtiments purement fonctionnels, mais prône plutôt des lieux pouvant faire naître des sentiments, voire des expériences, le design radical est né, dans la foulée du Piper on organise un projet d'aménagement intérieur sur le thème du « *spazio di coinvolgimento* », l'espace de participation, et dès l'année suivante plusieurs villes vont commander des Pipers pour y rassembler les technologies audiovisuelles, le pop art, la musique, le psychédélisme, mise au monde des premiers lieux multimédia, l'Electric Circus dans l'East Village, l'UFO à Londres qu'un certain groupe encore inconnu du nom de Pink Floyd inaugurera, Pink Floyd dont le titre du premier album, *The Piper at the Gates of Dawn*, renvoie non seulement au joueur de pipeau mais à la boîte romaine et à l'esprit avant-gardiste des Pipers, les architectes Derossi et Ceretti fondent la compagnie Strum et prennent le contrat à Turin pour concevoir le Piper Pluriclub, puis à Rimini pour donner naissance à l'Altro Mondo, ils conçoivent une boîte rectangulaire pouvant contenir des ambiances changeantes, un équipement mobile, tout est sur roues, des chaises aux tours de soutien, des panneaux métalliques sont suspendus au plafond par des rails, sur l'écran en aluminium s'affichent des vidéos d'art provenant de six projecteurs, une installation cinétique renvoie des lumières sur le public, dans cette autre dimension multisensorielle on retrouve des expos, du théâtre expérimental, des performances musicales underground, mais qu'as-tu vu Gil en ce 1er août 1968 à l'Altro Mondo de Rimini ? le rock psychédélique de The Rokes ou celui plutôt progressif de Procol Harum, la chanteuse vénitienne Patty Pravo deux ans avant qu'elle ne chante les vers rimbaldiens de *Sensation* mis en musique par Robert Charlebois, le premier *guitar hero* italien Nico Di Palo lançant ses riffs au sein des New Trolls, Marianne Faithfull se déhanchant en symbiose avec Keith Richards, le Floyd déjà délesté de Syd Barrett dont les ailes s'étaient consumées au soleil du LSD, Pete Townshend des Who interprétant *Magic Bus*, les Stooges dont le chanteur James Osterberg qui se lacère sur scène quand il ne vomit pas sur le public vient de changer son nom pour Iggy Pop, un curieux zig mêlant folk et mime et Merseybeat du nom de David Bowie ? Rien de cela ne sera consigné dans tes cartes postales, rien de cela ne nous sera narré et surtout rien de cela ne jouera jamais sur une table tournante ou dans une radiocassette au cours de ma jeunesse, tu

Le club de l’Altro Mondo
Rimini

as continué à écouter la musique de tes parents, y ajoutant dans la foulée de Félix Leclerc la vague des boîtes à chansons, les ménestrels de la fameuse triade Brel Brassens Ferré, puis le reste qui s'y rattache, mais tu t'es arrêté avant Gainsbourg, et tout ce qui semble rester de l'autre monde qui pointait alors se résume à une carte postale, pourquoi n'as-tu pas embarqué dans le *M Train* de Patti Smith, toi qui pourtant trouvais certains effluves « sensass », est-ce ta méfiance perpétuelle envers ce qui se rattachait à un effet de mode, à une forme de conformisme anti-conformiste, avais-tu peur de lâcher les amarres de la raison, ton vieux fond conservateur t'a-t-il jamais lâché, toi le réactionnaire par révolte, le libéral par rejet, est-ce au cours de cette traversée du vieux monde que ce sentiment durable s'est forgé, mais comment concilier en toi l'immigration vissée au fond de l'âme, la conviction indépendantiste dont de nombreuses factions de l'époque flirtaient ouvertement avec l'extrême gauche, le gaullisme, la bohème, l'amour des vieilles pierres, la Vespa, les chansonniers, l'horreur du rock psychédélique et plus tard du punk, la voile, la vie de marin à la Moitessier, les actions à la Bourse, le métier d'homme d'affaires dans l'immobilier, la volonté de nomadisme perpétuel, tous ces fils formant un tissu de contradictions insurmontables, parfois insupportables, terriblement humaines, profondément, qu'on le veuille ou non, soixante-huitardes.

La déprime revient, sans doute parce que les Californiennes et les Québécoises se sont barrées, et à la place il a rencontré *quatre stupides Parisiens dont le sens de l'humour me dépasse totalement et qui semblent vouloir me faire marcher. Mais je n'ai absolument plus envie de me défendre car je suis las. Le voyage commence à laisser des traces, je suis assez maigre et ma peau est irritée. Je suppose que mon rythme est trop fort. En scooter seulement j'ai déjà couvert 8 000 milles*, son moral plonge de nouveau dans les profondeurs, ce qui le fait hésiter à passer par Venise, on le sait que c'est difficile au temps des amours mortes, mais ce serait trop bête de la rater, grand bien lui fasse car *de toutes les villes que j'eusse aimé voir avec toi celle-ci est assurément la plus belle. Venise est comme une pierre précieuse qui reluit au bord de l'Adriatique. Ce soir la foudre l'illumine spasmodiquement et elle a un rythme. Sur les canaux les vagues blanches et sur la piazza San Marco les blancs marbres, qu'elle est belle ! Vraiment je ne m'y attendais pas. Je n'ai jamais vu quelque chose de pareil. Et la saleté ne lui enlève rien. Et la foudre lui donne tant. Je vois les vagues par la porte*, le lendemain le charme n'est pas rompu, *c'est incroyable. Je n'arrive pas encore à m'y habituer, mais les rues ont réellement été remplacées par de l'eau. Les gens riches ont de beaux canots, les gens pauvres des gondoles frivoles, les gens comme moi des bateaux-bus. Et il n'y a pas d'autos. J'ai déjà vu une gondole funéraire et son cortège en deuil et une gondole pompier. De toutes petites rues étroites de quatre ou cinq personnes, parfois moins, se faufilent entre les canaux et piazzas. C'est très beau*, il l'avoue enfin, le voilà réconcilié avec l'architecture italienne après *l'ennuyante* Florence et les vétustes *Ravenne et Rimini*, on pourrait mettre ce jugement sans appel sur le compte de sa jeunesse mais il ne changera pas sur ce point, réglant le sort d'une ville, d'un pays ou d'un peuple en un seul trait assassin, selon l'heure du jour et l'humeur du moment.

*

Les canaux, les gondoliers, l'excitation de l'imminente Yougoslavie, le lever du rideau de fer, de l'entrée dans le réel autre monde cette fois l'ont assez revigoré pour qu'il reprenne du poil de la bête, ce qui ne l'empêche pas de se languir d'amour après Venise : *chère, très chère, chère chère, Carole chérie : tu me manques de plus en plus et je pense beaucoup à toi. Après Venise la route demeure la même c'est-à-dire plate et peu accidentée. Mais à mesure que l'on approche de Trieste le paysage change subitement. Les Dolomites d'Autriche qui, se yougoslavisant, deviendront le Monténégro, se mouillent un peu dans le golfe de Trieste en laissant à leurs collines précurseures les honneurs de la trempette. Ceci nous vaut des hauts et des bas assez plaisants, surtout sur le bord de mer. Demain je rentre dans la sauce ou plutôt le jus (goslave)*, il ajoute qu'elle doit désormais lui écrire à l'ambassade du Canada à Beyrouth, le projet s'est remis en branle, il reste pas mal de milles à engloutir s'il veut atteindre le Liban pour la rentrée, sur un *tramonto* à Trieste se clôt la série de clichés propres aux cartes postales, Trieste a été de tout temps un point de bascule majeur, une ville à la frontière d'empires qui a non seulement attiré un nombre impressionnant d'écrivains, James Joyce en tête, mais en a produit aussi des pas mal, dont mon cher Claudio Magris ; à partir de la Yougoslavie, on entre dans le domaine du fantastique, du document historique, de la pièce de musée, les cartes postales continuent de dévoiler les clichés les plus éculés pour qui vient de ces régions, mais pour le ouesterneur de l'époque, elles représentent des fenêtres spatio-temporelles, des machines à remonter dans un temps qui paraît improbable tant il semble figé, je comprends dès lors son excitation à arpenter des terres affranchies des sévices mondialisés, dès la Croatie ça scintille de tous ses feux, toute ma vie en contemplant la portion de ce voyage j'en ai gardé des images intactes qui ont forgé mon désir d'inconnu, le même charme opérera quand il retournera en Yougoslavie avec sa bien-aimée deux ans plus tard, encore aujourd'hui lorsque je demande à ces deux voyageurs qui ont bourlingué pas mal quel est le pays qui les a le plus fascinés la Yougoslavie arrive en tête, il faut dire qu'ils ont connu les remparts vides de Dubrovnik, les mulets des gorges du Kotor, les routes de terre battue du Kosovo, le brassage multiethnique qui cachait sa poudrière en désarmant les potentiels agresseurs, mon père retrouvait-il dans ce coin du globe le cosmopolitisme si cher à son enfance, la présence musulmane des siècles passés, l'influence italienne, une touche de *slavité*, des ruines byzantines, et par-dessus tout cette nostalgie propre aux anciens empires ? Le voici roulant sur les terres irrédentes et lorsqu'il arrive à Rijeka, l'ambiance de ce 5 août est à la fête, *quatre Slaves totalement saouls mais merveilleusement mélodieux déversent des flots de chansons dans ce sombre café qui serait plus hongrois ou roumain que serbo-croate. Parlant de celle-ci, la langue serbo-croate me dépasse totalement dans ce coin de la Croatie adriatique où le guide m'a assuré que l'on parle avec un accent croate plutôt qu'à Ljubljana où l'accent serbe prédomine. Ils sont vraiment mélodieux mais très bruyants. L'un d'eux vient d'attaquer la serveuse. Tu devrais voir la pension dans laquelle je loge, on n'a pu m'installer que dans la cuisine près du réfrigérateur. Justement j'étais au lit et la dame vient d'ouvrir le réfrigérateur. Et qu'est-ce que je vois ? Une tête de cochon, langue dehors en train de me fixer. En tout cas. Ciao. PS : La Yougo est très différente et ajoute un charme certain à mon voyage.* Les étudiants yougoslaves ne sont pas en reste et sont descendus dans la rue à Belgrade il y a deux mois, parce qu'on leur a refusé la tenue de concerts en plein air, ils scandent « La révolution n'est pas terminée, nous en avons assez de la bourgeoisie rouge », ils rebaptisent leur *alma mater* l'Université Rouge Karl-Marx, mais contre qui manifestent ces étudiants dont le pays est dirigé par des socialistes qui ont inventé le terme d'autogestion dès 1948, influençant une partie de la gauche révolutionnaire européenne captivée par le modèle en usage dans les usines yougoslaves, invitant fréquemment les responsables de ces usines dans les congrès syndicaux, et qui pourrait s'irriter de voir apparaître le nom de Karl Marx au sein de l'appareil étatique yougoslave qui, bien qu'ayant rompu avec la tutelle moscovite, reste communiste ? Mais les jeunes tout en chérissant le modèle d'autogestion en ont contre les inégalités, le chômage, l'extension de la propriété privée, les conditions de vie déplorables de la classe ouvrière, il y en a qui vont jusqu'à clamer « À bas la bourgeoisie socialiste », c'en est trop, la Milice nationale charge la manif, une centaine de personnes sont blessées, matraquages et emprisonnements se succèdent, la presse résume la manifestation à une volonté puérile de la part des étudiants de ne se soucier que de leurs privilèges matériels, les directeurs d'usine qui redoutent une alliance entre leurs ouvriers et les étudiants donnent des instructions à leurs employés pour ne pas sombrer dans la violence qui mettrait en faillite le formidable modèle yougoslave, attention les gars, les jeunes vont vouloir détruire nos usines, il faut empêcher la contamination révolutionnaire, et Tito le rusé prépare son intervention télévisuelle, le 9 juin il s'adresse aux étudiants, il est fort Tito, il leur dit mes amis, nous sommes tous des révolutionnaires, nous avons inventé l'autogestion et quatre-vingt-dix pour cent d'entre vous sont de bons petits jeunes, mais dix pour cent d'entre vous sont des maoïstes de la pire espèce qui ont été infectés par des idées étrangères et eux on va s'en occuper, pour les autres, je suis prêt à vous écouter, je vous propose de former une petite délégation et de venir me voir, on va essayer de trouver des solutions ensemble, en attendant retournez sur les bancs, préparez vos examens et cessez de perdre votre temps, et revirement incroyable, les étudiants disent oui chef, il faut dire que le prestige moral du maréchal rouge est grand, d'abord parce qu'il a réussi à tenir ensemble six républiques, cinq nations, quatre langues, trois religions et deux alphabets dans une fédération improbable, après avoir maté les nationalistes de tout acabit, royalistes serbes de Tchetniks comme fachos croates d'Oustachis, ensuite parce qu'il a tenu tête à Staline, ce qui n'est pas rien, se faisant traiter par Moscou de hyène lubrique, et puis il a rejoint le club prisé par les étudiants des non-alignés, autour des Nehru, Nasser, Nkrumah et Sukarno, enfin honneur suprême il est honni par de Gaulle, qui ne lui a jamais pardonné son appui aux revendications indépendantistes algériennes ni l'exécution du général Mihailovíc, le ministre de la Guerre du gouvernement yougoslave royal en exil, il n'y a d'ailleurs plus d'ambassadeur français dans la Yougoslavie de 1968, bref bénéficiant de l'appui d'une majorité de la population dont la jeunesse, Josip Broz peut jouer au despote total et continuer d'effectuer le grand ménage autour de lui, épurant le pays de tous les contradicteurs potentiels, jusqu'à devenir seul, complètement isolé, conduisant tous les réprimés, dont les nationalistes, à attendre leur heure, qui n'allait pas tarder à venir.

*

Costumes nationaux de la Dalmatie du Nord,
région de Bukovica
Zadar

Descendant la côte dalmate de Zadar et son magnifique arrière-pays, la Bukovica, jusqu'à Dubrovnik, Gil franchit le petit goulot maritime de la Bosnie-Herzégovine, son seul accès à la mer qui consiste en une frange de vingt kilomètres de littoral sur l'Adriatique autour du village de pêcheurs de Neum : *je suis en Herzégovine aux frontières de la Croatie. C'est très sympa, le village est l'un des plus beaux et pittoresques que j'aie vus, devant l'hôtel un groupe chante les derniers succès yougoslaves et les bateaux de luxe et de croisière sont tous illuminés au port.* Cette anomalie de l'histoire fait en sorte que Dubrovnik, qu'on appelait Raguse, est coupée du reste de la Croatie ; riche de ses mines de sel, sa voisine Neum a réussi à rester dans le giron ottoman, et aujourd'hui dans la panse bosniaque, trop heureuse d'entraver la continuité territoriale de la Croatie, d'exiger des passeports, de profiter du passage de deux millions de touristes annuels vers Dubrovnik ; les Croates quant à eux n'en peuvent plus de faire la file pendant des heures aux deux postes-frontières, un à l'entrée, l'autre à la sortie, tout ça pour aller de chez eux à chez eux, un projet de pont se met en branle, oui, un pont pour enjamber la Bosnie, on sait depuis Mostar et la guerre que les ponts entre Bosniaques et Croates sont des sujets de haute tension, les Chinois s'en mêlent, la Bosnie ne veut rien savoir, et l'Union européenne dont fait partie la Croatie mais pas la Bosnie se dit tiens il y a peut-être un ou deux euros à faire avec le projet du pont, les Chinois grâce aux 2,4 kilomètres du pont de

Pelješac s'engouffrent dans la brèche, pénètrent le marché de l'Union européenne, et hop un bout de ruban bétonné au Monténégro, un morceau de rail en Croatie, et vogue la jonque sur les eaux bleutées de l'Adriatique, terre de conquêtes immémoriales.

Qu'est-ce qu'il le trouve beau ce bord de mer en scooter, en particulier entre Split et Dubrovnik, *assurément la plus belle côte que j'ai eu l'occasion de voir*, et si en certains endroits elle est *infestée de touristes*, comme à Šibenik écrit-il, Raguse et ses environs le stoppent net, *je n'ai jamais vu une nature aussi belle. La ville est très jolie et j'ai décidé d'y passer trois jours. Malheureusement un méchant rhume a décidé de passer trois jours avec moi et nous faisons ensemble mauvais ménage. Je suis logé chez une bonne femme un peu allemande qui a une jolie maison fort moderne dans un gentil jardin et qui a été louée jusqu'au dernier centimètre carré de surface à des touristes. Je n'ai droit qu'à un lit dans une chambre avec un Allemand. Les moustiques se régalent la nuit mais ils m'ennuient et je dors*. Mis à part quelques Allemands, il croise de moins en moins de touristes, ce qui pourrait enfin le forcer à nouer des liens avec les locaux, hélas écrit-il, *je ne comprends rien au serbo-croate ni aux autres langues yougoslaves mais heureusement tout le monde parle aussi l'italien. Je te fais remarquer que je ne comprends pas l'italien non plus mais enfin...*, il essaiera de réparer cette erreur dans les années futures, de colmater la brèche dans la famille levantine, polyglotte depuis la nuit des temps, en bas de la maîtrise de cinq langues, à l'écrit comme à l'oral, on était considéré chez les Kemeid comme un malentendant, Charles pouvant disserter librement en français, en arabe, en anglais, en italien et en grec, mais chez mon père l'arabe se perd, aucun effort pérenne n'a été entrepris envers l'italien ou le grec, c'est la honte, chez moi c'est encore pire, je n'ose pas l'avouer tant c'est misérable, je suis sans doute le premier de ma famille à rompre littéralement avec la maîtrise des langues qui ont forgé une bonne partie du bassin méditerranéen.

Le voilà quittant le littoral pour s'enfoncer dans les terres, ou plutôt pour gravir les raides pentes des Alpes dinariques à l'assaut de la montagne noire, *en longeant l'Albanie dans ce qui doit être la région la plus belle de ce déjà très beau pays, à quelques pas de la côte, la route monte 5 000 pieds sans pour cela avancer plus de 500 pieds en zigzaguant le long d'une pente abrupte, 31 fois différente. Je n'ai pas besoin de te décrire la vue une fois le dernier zig zagué*, Gil évoque la route Kotor-Cetinje, trente-huit kilomètres de lacets vertigineux culminant avec la Serpentine de Kotor, soit seize virages en tête d'épingle, un tronçon de huit kilomètres à voie unique considéré comme l'une des routes les plus sinueuses qui soient, certains guides anglais recommandent de « *strong nerves* » si vous désirez l'entreprendre, car elle aura humilié au fil des âges de nombreux ego, puis après un dernier regard jeté sur le bleu adriatique le voici atteignant Titograd, redevenue Podgorica en 1992, au grand dam d'une majorité de Monténégrins youstalgiques de Tito, *cette grande figure de l'Histoire du monde* dixit le maire, d'ailleurs une statue à son effigie a été érigée au centre-ville en 2018, à l'effigie de Tito, pas du maire, en l'honneur de l'unité yougoslave, du combat contre le fascisme, du passé, du on s'en ennuie, du quand c'était mieux, persévérant dans sa course folle la Vespa de Gil traverse la ville et troque la montagne noire pour la montagne magique, *après Titograd pendant 100 milles je traversais des montagnes dont la beauté et la verdeur méritaient bien la bonne réputation que l'on fait au Monténégro. La nuit survenant, elle mit fin à mon extase et je commençai à chercher un endroit pour dormir. Dans ce coin éloigné des grands axes touristiques, point d'hôtels ou d'auberges. Heureusement je trouvai une station thermale à côté. J'y allai. Tu connais le genre : neurasthénique, rhumatismal, arthriteur, nerveux, « T'as besoin d'une cure en montagne mon gars je connais juste l'endroit en plein bled, juste toi, les vaches et l'oxygène ». Déjà au bureau de réception le directeur en me disant que oui il avait des chambres, tâtait mon pouls un œil sur sa montre. J'allai prendre mes valises lorsque deux gardes-malades se jetèrent sur elles en criant de me ménager. En route pour le pavillon où se trouvait ma chambre, je croisai le restaurant en plein air. Une dizaine de pâlots aux cheveux grisonnants contemplaient tristement quelques radis qu'ils s'apprêtaient à dignement arroser d'eau minérale. Dans la chambre, une sonnerie au cas où je me sentirais mal. Enfin tu vois le genre*, est-ce un atavisme, un de plus, ou cette histoire m'a-t-elle été narrée dans ma tendre enfance, le fait est que j'ai toujours conservé une peur effroyable de ces lieux-là, pas assez confiant en mes états psychologiques et physiques pour ne pas prêter flanc aux suspicions les plus diverses, si on me dit vous avez l'air pâle je me sens déjà mal, et reste convaincu qu'être vivant, c'est être malade, mais malade de quoi, telle est la question, il semble que je ne sois pas le seul à être titillé par les affres de la déchéance des chairs et leur impact dévastateur sur notre moral, motif si présent dans la littérature, du Hans Castorp de Thomas Mann au Ivan Ilitch de Tolstoï. La station thermale perdue au fin fond des Alpes dinariques où pénètre Gil pourrait être située à Kolašin, au pied de la montagne Bjelasica qui culmine à plus de deux mille mètres, surnommée le Pic noir, si c'est à Kolašin que des rhumatisants viennent soigner leurs maux en 1968, avant qu'elle ne devienne une station de ski de nos jours, quelle ironie de l'histoire encore une fois, dans la mesure où cette bourgade pourtant vantée pour son calme, sa sérénité, sa douceur de vivre et son aptitude à guérir les souffreteux de ce monde fut le théâtre de combats sanglants dans l'histoire du Monténégro, en 1858 contre les Turcs, puis lors de la Première Guerre mondiale où la brigade de Kolašin paya un fort tribut en espèces humaines, pendant la Deuxième c'est la ville au complet qui y passe, à coups de bombardements, allemands, italiens, dix-huit en tout, je ne sais pas si le directeur de l'hôtel a oublié ces événements tandis qu'il accueille mon père le 11 août 1968, ou préfère-t-il oublier le passé sanglant de son patelin maintenant encalminé, de toute manière sa préoccupation légitime est de se faire payer, et cette simple requête va entraîner Gil dans la première des cinq aventures qu'il jugera rocambolesques, si épiques qu'elles le pousseront à écrire une lettre, non pas une carte postale, car il en a trop à dire, envoyée autour du 20 août de Bulgarie à ma mère, une lettre dont le libellé est le suivant, *ma chère petite Carole, que d'aventures sont arrivées à ton cher petit Gil.*

1re aventure. Titre : La course de l'or. Dans le rôle principal : Gil. Avec le scooter et le Yougoslave.

2e aventure. Titre : Le pneu crevé. Dans le rôle principal : Gil. Avec l'enquiquineur.

3e aventure. Titre : La mort sur la route. Dans le rôle principal : Gil. Avec le fermier fou et le camionneur couillard.

4e aventure. Titre : Les ambassades disent non. Dans le rôle principal : Gil. Avec le Syrien et Nour El-Dine.

5e aventure. Titre : La montre court vite. Dans le rôle principal : Gil. Avec la montre et le scooter.

Le déclencheur de sa première aventure, c'est le prix exigé par l'établissement thermal, soit vingt-quatre dinars. Un montant qu'il juge exorbitant, qui doit correspondre à environ deux dollars, mais il n'a que vingt dinars en poche, des chèques de voyage et cinquante francs. Le directeur, qui n'a pas vu un non-Monténégrin depuis les bombardements de la Seconde Guerre, ne veut rien savoir ni des chèques, ni des francs, ni du crédit, cependant il tolère l'attente au lendemain. Gil se couche tranquille en réfléchissant au fait qu'il est dans un des coins les plus calmes d'Europe, mis à part les glaciers du Svalbard, si tant est que l'archipel norvégien de l'Arctique puisse se considérer comme appartenant géographiquement à l'Europe, disputant le titre de septentrion de l'Europe à la péninsule de Nordkinn pour ceux qui s'en tiennent à la notion continentale ferme et, si on a des vues plus larges, au cap Fligely de l'île Rodolphe de la Terre François-Joseph, archipel de cent quatre-vingt-onze îles inhabitées qui n'a eu d'austro-hongrois que l'expédition qui le découvrit, appartenant aux Soviétiques depuis 1926, lesquels ne se sont pas occupés de lui retirer sa toponymie aristocratique, trop frigorifiés à la seule idée d'y penser, seuls le Groenland et l'île d'Ellesmere dans le Grand Nord canadien sont plus près du pôle Nord que l'île Rodolphe, si pour des raisons politiques il y a des Européens qui ne sont pas à l'aise avec le fait que le cap Fligely représente l'extrémité nord de leur continent, ils doivent tout de même lui laisser le titre de septentrion de l'Eurasie, mais où commence et où finit ce continent aux frontières si floues se demande en se couchant dans son sanatorium monténégrin mon Méditerranéen de père, toujours intrigué, pour ne pas dire attiré par la notion abstraite et arbitraire de frontière, sa pointe la plus méridionale si l'on reste sur la terre dite ferme demeure sans conteste Tarifa l'Andalouse lumineuse baignée par le détroit de Gibraltar, ravissant le titre à la Punta de Europa du roc britannique, l'une comme l'autre sont atteintes à l'issue du tunnel de la mort qu'est devenu le détroit, par vent d'est les traversées se font rares car les chances d'être déporté au large en Atlantique sont fortes mais quand soufflent les rafales du ponant les zodiacs quittent Tanger par milliers pendant qu'à quatorze kilomètres de là les kitesurfers profitent des bourrasques pour s'injecter une dose d'adrénaline nécessaire à pimenter une vie parfois fade, par contre si on compte les îles européennes se dit-il en se retournant dans son lit plutôt rude de sa station thermale yougoslave, c'est le caillou de Gavdos en Crète qui remporte les honneurs, plus précisément son cap Tripiti en mer libyque, ce ne serait que pure justice car la princesse phénicienne Europe, cette Libanaise de Tyr, une de mes compatriotes donc se dit mon père, a été enlevée par Zeus métamorphosé en taureau, puis aidé par des Néréides, dauphins et tritons il accomplit un trajet maintenant suivi par des milliers de migrants, du Levant à la Grèce, lesquels cependant ne reçoivent aucune aide des Néréides, dauphins et tritons, c'est en Crète que Zeus échoue, est-ce à Gortyne qu'il s'unit à Europe, ou dans la grotte du mont Dicté, que veut nous révéler l'esprit de l'Histoire quand le tracé de cette fondation mythologique se dissimule sous les pointillés de l'itinéraire des migrants du Levant, l'idée que ces damnés de la mer transportent dans leurs pénates le projet même de l'Europe ? Ce serait irrecevable pour certains, mieux vaut passer outre, oublier, refuser, repousser, il ne pense pas à eux Gil Kemeid même si ce sont ses cousins et ses frères d'infortune, en 1968 ce n'est pas encore l'afflux de ce type de mouvement migratoire, il sait par contre qu'à Tarifa comme à Gavdos la présence de l'Afrique se fait sentir à quelques encablures, par les yeux sur les côtes espagnoles, par les oreilles sur les rivages crétois, je me souviens avoir entendu la radio libyenne en me mouillant les orteils dans cette mer si chaude, étaient-ce des discours fleuves du colonel fou exhortant l'Union européenne à lui verser cinq milliards d'euros faute de quoi il lâcherait des migrants sur les rives de la blanche Europe, il était prêt à leur fournir de bons bateaux pour leur assurer une belle traversée à ses réfugiés, vous allez devenir l'Afrique avait-il tonné à l'encontre de Bruxelles, et comme si ce n'était pas assez clair il avait précisé que l'Europe allait perdre sa blancheur pour se noircir de millions d'Africains affamés et mal instruits.

Difficile de dater les premières tentatives de ces réfugiés en vue d'accéder au Graal, mais il est certain que l'exploit réalisé par Ousmane, capitaine de pirogue sénégalaise, en novembre 2004, quittant la côte mauritanienne et atteignant Tenerife, a inauguré la route des Canaries, de l'île de Gorée jusqu'aux plages noires de La Restinga, autre lieu qui conteste le titre de pôle sud de l'Europe, par un curieux revirement de l'Histoire des milliers de clandestins débarquent sur les îles volcaniques alors que jusqu'à dix ans avant le tour d'Europe de mon père, des centaines de milliers d'Espagnols ont quitté leurs îles pour émigrer entre autres au Venezuela, appelé depuis la huitième île canarienne, il y a de fortes chances que d'anciens réfugiés canariens fassent partie des millions de réfugiés vénézuéliens en fuite vers la Colombie depuis 2015, soit la plus grande crise migratoire de l'Amérique latine après celle qui consistait en une vague de réfugiés colombiens au Venezuela, dix ans plus tôt, deux cent mille qu'ils étaient les Colombiens à fuir les exactions de leur pays en proie à une guerre civile, chez quelques réfugiés canariens devenus vénézuéliens et cherchant maintenant à quitter le Venezuela certains reviennent en Espagne, par un étonnant retour de balancier, toujours cet esprit de l'Histoire qui tente de nous dire quelque chose, bâtissez vos frontières comme bon vous semble vous n'êtes qu'une poignée d'errants sur cette Terre et ce que vous appelez patrie est une chimère presque aussi ridicule que l'idée de nation, pour ce qui est de l'extrémité ouest de l'Europe c'est plus simple, pense Gil qui décidément a du mal à trouver le sommeil au creux de sa nuit monténégrine, c'est le Cabo da Roca au Portugal, près de Sintra, quarante kilomètres seulement le séparent de Lisbonne, *l'endroit où la terre s'arrête et où la mer commence* écrit le poète Luís de Camões aux vers gravés sur une stèle au pied du phare du point le plus occidental de l'Europe, dont les falaises abruptes ravagées par les vents furieux et frappées par les déferlantes renvoient à cette image du bout du monde, on le croyait vraiment au Moyen Âge, mais ça c'est si on exclut l'Islande, et pourquoi l'exclurait-on ? celle dont le phare du Bjargtangar dans la région des fjords de Vestfirðir se targue d'être le seul point situé le plus à l'ouest, la modestie du panneau indiquant ce haut fait d'armes rappelle le dénuement des environs et le peu de populace qui y effectue la vérification en dehors des colonies de macareux et de phoques, mais pourquoi compter l'Islande et pas les Açores, se demande mon insomniaque de père sensible aux revendications légitimes des insulaires, déjà que l'Islande comme frontière ne convainc pas tout le monde, les Irlandais en premier lieu très fiers de leur phare d'Inishtearaght dans les îles Blasket réclament leur dû, ça c'est le vrai pôle occidental de l'Europe, oubliez votre cap rocheux les Portugais, c'est du pipeau, allez tous vous faire voir, si l'Europe est née sur une plage phénicienne elle ne peut se terminer qu'au milieu de l'océan, près de l'île des Fleurs sur l'îlot de Monchique, ah mais s'exclament des puristes, ça ne compte pas car cette partie de l'archipel des Açores est située sur la plaque continentale américaine, ha ha !, si l'on doit rester sur sa propre plaque tectonique il faut dans ce cas considérer le volcan Capelinhos de l'île de Faial qui elle, ouf, est sur la plaque eurasienne, quant à l'extrémité orientale, on nage dans les abstractions les plus pures, on est surtout soumis aux volontés de Pierre le Grand, le seul conquérant qui a réussi à repousser des continents, exploit que ne peut même pas revendiquer un autre Grand, Alexandre celui-là, tout d'abord c'est le fleuve Don qui marque la séparation, puis le géographe du tsar est chargé de repousser l'Europe vers l'est, tout simplement, ce sera l'Oural, ça tombe bien car Moscou tombe ainsi dans l'escarcelle européenne, et la Sibérie s'en va en Asie, c'est parfait, ça permettra à de Gaulle, huit ans avant la venue de mon père à l'université de Strasbourg, là où il avait noté de remarquables graffiti, de lancer *Oui, c'est l'Europe, depuis l'Atlantique jusqu'à l'Oural, c'est l'Europe, c'est toute l'Europe, qui décidera du destin du monde !*, je ne sais pas qui l'a cru ce jour-là, mais le fait est qu'il rappelait que pas un rideau fût-il de fer ne pouvait prétendre démembrer le vieux continent.

Oural et île Rodolphe, volcan Capelinhos et falaises de Cabo da Roca partagent la même désolation, la même absence d'êtres humains, sécheresse de pierre nue ou brouillard perpétuel tout concourt au silence, pendant qu'on se bat pour franchir les frontières du sud rien ne se passe aux autres points cardinaux dont l'idée d'établir des postes-frontières ferait rigoler les quelques animaux qui s'y prélassent, la tête emplie de ces songes des confins, Gil se lève aux aurores glaciales des montagnes et enfourche rapidement son destrier pour entamer sa première aventure dont le titre est *La course de l'or*, où il tient le rôle principal, avec le scooter et le Yougoslave en complément, puis sur la route vers Bijelo Polje où il compte faire changer ses chèques de voyage il se rend compte que c'est dimanche, *dimanche on ferme, même en pays communiste, on ferme TOUT sauf les trottoirs et encore je me demande. Je me retrouvais donc sans le sou, sans manger, sans pétrole, bref c'est une histoire sans dessein, sans blague ! Une âme charitable me conseilla d'aller à Ivangrad*, qui ne s'appelle pas encore Berane car elle honore la mémoire non pas d'Ivan le Terrible, quoique, mais celle d'Ivan Milutinović, partisan yougoslave ami de Tito, c'est-à-dire communiste et résistant, le 23 octobre 1944 le bateau sur lequel il vogue vers Belgrade saute sur une mine, britannique hélas semble-t-il, on lui avait dit à Ivan que le Danube était miné, mais il était pressé de libérer Belgrade, il faut dire qu'il y avait du fasciste à abattre, entre les Oustachis croates, les nazis allemands et les Faisceaux italiens, six ans après sa mort une ville porte son nom, *trois kilomètres plus loin le gaz vint à manquer. Heureusement mon réservoir d'urgence me donne de 25 à 35 km d'extra. J'arrive à Ivangrad à travers les montagnes presque à sec. Là aussi pas de change, pas de chance. Mais on m'assure qu'à Andrijevica seulement 16 km plus loin il y en aura. La mort dans l'âme, le vide dans le réservoir je pars*, le voici quittant le Sandjak de Novi Pazar, du nom d'une localité du coin aux origines médiévales, transformée en capitale par les Turcs, ici on a été ottoman jusqu'en 1913, est-ce le parfum qui plane malgré tout qui le rend nostalgique, lui originaire d'anciennes provinces soumises à la Sublime Porte ?, s'il n'avait pas été accaparé par ses sempiternels soucis d'essence, il aurait pu entendre l'un des derniers guslari monténégrins entonner à l'aide de son violon à corde unique le chant marquant la charge des janissaires, malgré la disparition des aèdes ces récits continuent de façonner la toile de fond de ces nations, ce peut être de manière heureuse, comme lorsque le premier ministre grec Tsípras décida d'annoncer la fin du remboursement de la dette grecque à Ithaque, la boucle est bouclée chers compatriotes, nous voici de retour, ou de façon sordide, comme chez cet ancien employé de banque encore inconnu venu commémorer l'échec chrétien au pied des Ottomans, inaugurant l'occupation turque, dans son discours fleuve face à un million de célébrants il promet que « de nouvelles batailles nous attendent, mes frères », nous sommes le 28 juin 1989, l'homme se nomme Slobodan Miloševíc, et il vient de faire sonner à son tour le cor de la guerre.

À Andrijevica, le miracle se produit, chrétien bien sûr car Dieu, Vierge Marie et Jésus merci, voici mon père de retour sur les terres orthodoxes, *j'arrive miraculeusement devant l'hôtel du village, on me dit que oui il y a du change. Je rentre juste au moment où le bureau fermait pour la journée. Quelques secondes encore et je le ratais. Dieu soit loué. Là, je rencontre le YOUGOSLAVE. En effet 50 francs ne me donnent droit qu'à 100 dinars à peu près, ce qui n'était pas beaucoup. Alors donc mes problèmes ne seraient qu'à moitié résolus. Mais le changeur que j'avais attrapé à la dernière minute ne parlait que l'allemand. Il prit mon 50 francs tandis que nous discutions en allemand (je ne connais qu'à peu près cinq mots en allemand, lui aussi je crois), enfin pendant que nous discourons il me remet 145 dinars, c'est-à-dire l'équivalent de 50 marks. L'imbécile parlant allemand avait compté marks plutôt que francs, moi tout renard je partis le fromage dans les mains sans demander les restes tandis que devant mes yeux miroitait déjà la dolce vita que j'allais me payer avec tout cet or. Hélas, trois fois hélas, le scooter n'avait même pas commencé à fumer, tout rempli qu'il était de sa ration de pétrole, que le Yougoslave me rattrapait. Ayant réalisé son erreur, il me soulagea de 45 dinars, emportant avec lui et les ronds et les rêves, ne me laissant que des remords.*

Si l'avant-goût de la Turquie le charmait dans sa traversée du Sandjak, sa plongée dans le Kosovo le saisit comme une viande saignante sur le gril, il se rend compte qu'il était encore en Europe mais là, c'est autre chose, et sa fascination comme souvent chez lui n'empêche nullement une mauvaise foi, une exagération dépréciative, *en termes plus concrets, on passe de la Suisse alpine à l'Ouzbékistan musulman. De Berne à Samarkand. Du chalet suisse au minaret. De la forêt conifère au désert, du cerf au chameau, du chevreuil au buffle, du bûcheron au bédouin. Du lait de vache au lait de chèvre, du* XIX*e au* XIII*e siècle*, les Kosovars apprécieront, ce trajet le plonge dans sa deuxième aventure, soit *Le pneu crevé*, avec dans le rôle principal, on l'aura deviné, Gil, et à ses côtés, « l'enquiquineur », *pour opérer cette radicale différence il n'y a pas de routes pavées. Le mieux c'est de suivre un tronçon de 75 km non pavé à travers les hautes montagnes à trois milles de l'Albanie. Déjà au Québec je me demandais comment j'allais pouvoir le faire. J'en avais pris mon parti et m'étais résigné. J'aurai une crevaison, il n'y a pas* *à s'en sortir. Eh bien imagine-toi je n'eus point de crevaison. Arrivé à Peć je roulai sur de l'asphalte en bénissant le joyeux jour qui me vit naître. Je m'arrêtai pour vérifier le parcours sur ma carte. Vint un Français que j'avais rencontré avec une fille quelques heures plus tôt. Ils avaient été refoulés de l'Albanie et se dirigeaient sur le pouce vers Sofia par Skopje. Mais la fille venait de le quitter, il ne comprenait pas pourquoi et il était maintenant seul.*

L'ENQUIQUINEUR : Toi, où vas-tu ?

MOI : À Sofia.

L'ENQUIQUINEUR : Et après ?

MOI : À Istanbul.

Ses yeux s'illuminèrent.

L'ENQUIQUINEUR : Quelle chance, c'est simple j'ai décidé, tu m'emmènes, on partage les frais, serre-toi je monte sur le scooter.

J'en ai déjà rencontré des profiteurs de ce genre. Ils abondent particulièrement en France. En Bretagne, j'ai rencontré un jeune Parisien et un Québécois. Le Parisien passait son mois de vacances à l'auberge de jeunesse de Quimper. Le Québécois, lui, faisait le tour de France en Dyane 6. Moi le tour d'Europe en scooter. Le hasard nous avait rassemblés là. « C'est très simple, dit le Parisien au Québécois, tu m'emmènes durant les vingt-cinq prochains jours dans ton auto, on partage les frais mais ne compte pas sur moi après car je dois retourner à Paris à la fin du mois, je ne reste avec toi que 25 jours, après ça débrouille-toi, on commencera demain », puis en se retournant vers moi, « je ne pars pas avec toi parce que je n'ai pas mon passeport sinon c'est avec toi que je serais parti car je préfère ton scooter à sa bagnole ». À Rijeka en Yougoslavie, la même chose. Cette fois c'était plus direct. « Viens me chercher demain à midi tu vas m'emmener faire 100 km dans la campagne, j'ai envie d'un peu d'air, et maintenant que j'y pense viens plutôt vers midi et demi, je sens que je ne veux pas me lever trop tôt, alors à demain. » Ces gens-là s'imaginent s'inviter comme ça sans jamais se demander si on a envie de les embarquer. À la rigueur je prendrais bien une fille ou un bon copain pour quelques kilomètres mais pas un enquiquineur. Malheureusement je suis incapable de dire non. Alors je pris cet imbécile. Nous fîmes quatre kilomètres et j'eus ma première crevaison. Bien sûr le pneu, déjà fatigué, ce type immense, tous ses bagages... Je mis mon pneu de rechange. Je lui fis comprendre que pas question de continuer plus loin, le pneu de rechange étant en mauvais état. Il continua pourtant un autre 10 km avant de descendre enfin. Je continuai 20 km et j'eus ma deuxième crevaison. Entre-temps j'avais fait réparer le premier pneu. Ma troisième crevaison se produisit le lendemain. Entre-temps, prévoyant (surprise !), j'avais acheté un nouveau pneu qui tient bon depuis. Le tout m'a coûté une fortune. Enfin...

*

Skopje

Sur la carte postale qu'il envoie de la capitale macédonienne, le 13 août 1968, on aperçoit par la porte de la forteresse de Skopje une jeune femme en tricot rouge et en jupe blanche lui arrivant aux genoux, de dos, tenant par la main un petit garçon blond, tous deux marchant vers la mosquée Mustafa Pacha sise dans le vieux bazar ottoman en ruine, et il n'est pas clair si les ruines datent des affrontements successifs qui ont eu lieu au cours des siècles dans cette région aux frontières des empires, ou plutôt de la dévastation récente, Gil en est effaré, *disons que pour un dépaysement, c'en est un*, car il déambule au cœur d'un chantier à ciel ouvert, on dirait que Skopje se relève d'une guerre, d'ailleurs des architectes spécialisés ès bombardements président à sa renaissance, le Polonais Ciborowski, qui dirigea la reconstruction de Varsovie, le Japonais Kenzō Tange, qui a œuvré à Hiroshima, et en effet l'éradication pure et simple a surgi du ciel à Skopje cinq ans auparavant, ou plutôt des profondeurs de la terre, un séisme de magnitude 6,9 sur l'échelle de Richter, la vallée du Vardar où est bâtie Skopje est située sur une faille parcourant la plaque de la mer Égée à Belgrade, la région n'en est pas à son premier épisode sismique, mais cela n'a pas empêché les constructions d'ignorer les risques ; en vingt secondes, quatre-vingts pour cent de la ville est rayée de la carte. Miracle, le tremblement de terre survient l'été, au moment où de nombreux Macédoniens sont en vacances ; on ne déplorera qu'un millier de morts alors que le tribut aurait pu être beaucoup plus lourd, cependant cent vingt mille Skopiotes sur les cent soixante mille habitants de la ville se retrouvent sans toit. Les dégâts culturels sont immenses : le vieux bazar ottoman, les mosquées, les hammams ne sont plus que ruines fumantes mais la situation ne se prête pas aux pleurs patrimoniaux, il faut un toit pour loger les trois quarts de la population devenus sans domicile fixe du jour au lendemain, Tito appelle à l'aide, et son non-alignement lui profite allégrement : l'aide proviendra de l'Ouest comme de l'Est, Kennedy envoie du matériel et du personnel militaire pendant que Khrouchtchev débarque en personne avec ses soldats, c'est à Skopje que la première poignée de main post-Deuxième Guerre s'effectue entre militaires américains et soviétiques, la Pologne propose de construire un musée d'art contemporain, Alberto Moravia et Jean-Paul Sartre sollicitent le soutien des artistes du monde entier pour constituer la collection, Picasso donne des œuvres, la rapidité de la reconstruction marqua autant les esprits que sa démolition, après nous sommes retombés dans l'oubli affirment les Skopiotes, ainsi que dans nos appartements en préfabriqué, dont l'hôtel de ville encore sis dans cette construction temporaire, il s'en est fallu de peu qu'on ne parle plus jamais de Skopje dans les années qui suivent, si ce n'est de la petite Anjezë Gonxhe Bojaxhiu, qui il est vrai était de famille chrétienne albanaise, et les chrétiens en Macédoine forment moins d'un pour cent de la population, mais bon, elle était néanmoins née à Skopje, où elle fut soprano de chorale, joueuse de mandoline et actrice à ses heures perdues, entre deux prières, puis partit en Irlande à l'âge de dix-huit ans, mais c'est en Inde que sa carrière prendra un essor fulgurant, ou sa vocation devrais-je dire, sœur Mary Teresa maintenant mère devient infirmière dans son sari de coton blanc ourlé de bleu avec une poignée de roupies en poche, l'année de l'effondrement de sa ville natale elle fonde une Cité des lépreux, elle n'a pas encore son Nobel de la paix mais sa stature est mondiale, Macédoine et Albanie peuvent s'en enorgueillir, quelle que soit la religion d'ailleurs, les musulmans du Bengale l'appellent la Zinda Pir, la Sainte Vivante, le dalaï-lama la considère comme bouddhiste, et personne en 1968 ne vient lui chercher noise, son apologie de la souffrance est vue comme un profond amour de la détresse des hommes et des femmes, le térésisme est un humanisme, il n'y a pas de fouille-ordures pour déterrer des saletés, comme cette idée que la mère Teresa ne donne pas d'analgésiques dans les léproseries, plus on souffre plus on se rapproche de Jésus, ils doivent en être assez proches les Skopiotes lors du passage de mon père qui ne les trouve pas très guillerets et pour cause, cinq ans après le grand ébranlement ils ont beau se féliciter d'être encore vivants, plus rien de ce qu'ils connaissaient n'est debout, à part la mosquée Mustafa Pacha construite en 1490 que l'on voit sur la carte postale, et si ça leur permet d'avoir une toile de Picasso gratis dans le musée des Polonais, il n'est pas dit que leurs frigos débordent de vivres, tout cela pour dire que les grues, les bétonnières, les préfabriqués, les appartements staliniens, les compounds américains et le brutalisme qui permet subtilement de tracer un trait sur le passé ottoman ne le retiennent pas à Skopje longtemps Gil Kemeid, qui se hâte vers la frontière grecque, à Gevgelija il dit au revoir à la Macédoine, du moins à la Macédoine macédonienne, le voici dans la Macédoine grecque, celle d'Alexandre le Grand, dont la ville natale de Pella ne serait qu'à quelques kilomètres de l'axe ferroviaire Skopje-Thessalonique le long duquel il roule, qui deviendra dans quelques décennies la route des Balkans pour les migrants, ceux qui furent aidés se muent en repousseurs, les Macédoniens de Macédoine demandent de l'aide à l'Europe, certes, mais pour refluer les vagues, à Gevgelija se multiplient les barbelés contre lesquels des centaines de milliers d'hommes, de femmes et d'enfants se pressent, ils viennent d'Afrique, ils viennent du Proche-Orient, ils viennent d'Asie, le fer de l'ancien rideau s'est vrillé en barbelés, les vieux rappellent que la dernière fois qu'il y a eu des barbelés, c'était en 1944, de l'autre côté de la frontière le village grec macédonien d'Idomeni n'est pas même indiqué sur la carte routière de Gil, mais en 2016 le nom d'Idomeni fera le tour du monde, treize mille personnes y seront entassées dans ce qui sera le plus grand camp de la Grèce, regroupant le tiers des réfugiés présents au pays, les enfants y seront si nombreux qu'une soixantaine d'entre eux tomberont malades à cause des conditions sanitaires, du froid, de l'humidité et de l'intoxication créée par les feux de détresse allumés par les réfugiés, avec ce qu'ils trouvent, du plastique, de vieux habits, de la boue séchée, lorsque la route des Balkans se fermera la Grèce devra déplacer les huit mille quatre cents réfugiés qui restent, coincés dans ce que certains appellent les limbes, chez Dante le *limbo* est dérivé du latin *limbus*, le bord, oui c'est bien le bord de l'Enfer où s'entassent des vertueux qui ont eu la malchance de n'être pas baptisés, soit parce qu'ils sont morts avant le sacrement, dans le cas des limbes des enfants, soit parce qu'ils ont vécu avant la naissance du Christ, les limbes des patriarches, dans les deux cas, ces personnes qui n'ont jamais fait de mal à personne sont punies car elles ne sont pas nées « à la bonne place et au bon moment », et je ne vois pas meilleure définition d'un camp de réfugiés que les Limbes de Dante, premier cercle de l'Enfer dans lequel le Paradis est refusé aux condamnés, un frisson parcourt l'échine de mon père à son entrée sur le sol grec, non qu'il pressent que ce chemin sera celui de ses frères et sœurs levantins dans quelques décennies, mais il pénètre dans une autre dictature, remarquez il devrait être habitué depuis le temps, après Franco, Salazar et Tito, voici son quatrième régime autocratique, plus flou cette fois, on ne connaît pas le nom de ces colonels, encore frais aussi, leur coup d'État ne date que d'un an, la nouvelle constitution n'a que quelques mois, mais ce qu'il ne sait pas, c'est qu'il arrive en Grèce le jour où le poète Aléxandros Panagoúlis, ami de Pasolini, troque sa plume pour une mèche, qu'il allume sous la limousine de Geórgios Papadópoulos, à cinq cents kilomètres au sud de Gil, le colonel dictateur n'a pas une égratignure malgré l'explosion, par contre pour le poète ça se passe plutôt mal, il est arrêté, battu, torturé, mais il ne cède pas et ne donne aucun de ses complices, même qu'il s'évade le lascar, on le reprend, on le met sous terre, il ne craque toujours pas, la communauté internationale se mobilise pour éviter qu'il ne soit condamné à mort, la dictature des colonels tombe, Panagoúlis est libéré, puis sera assassiné plus tard, mais pour mon père le changement de régime lui permet de se faire un magot, *chère Carole, me voici à Salonique. J'allais me diriger vers Sofia en route pour Istanbul mais toute réflexion faite, je crois que ce sera mieux de réserver la Bulgarie pour le chemin du retour. J'ai eu la plus incroyable veine hier. J'ai fait changer 500 F à l'ancien taux d'avant la révolution dû je crois à une erreur et après j'ai refait changer en dollars au taux ordinaire. Or je viens d'apprendre qu'en Turquie on n'accepte plus les francs. Donc mon voyage peut se poursuivre.*

Il ne l'écrit pas mais elle doit lui faire penser à son Alexandrie, la Salonique... Elle aussi deuxième capitale, grand port du pays, nostalgie d'empire, marquée par l'Histoire, et surtout déclin amorcé depuis les années 1950 : carrefour important de l'Europe de l'Est, elle souffre de la mise en place du rideau de fer et perd de sa superbe, la carte postale qu'il envoie offre un soir d'été crépusculaire dont les rayons puissants de l'astre couchant se déploient comme autant de lueurs d'espoir se noyant dans une mer de sanglots, à Salonique ce ne sont pas les limbes qui viennent en tête mais le dernier cercle de l'Enfer, celui des traîtres, qui ont envoyé quatre-vingt-dix-huit pour cent des Juifs de la ville dans les camps de la mort, eux qui étaient établis à Salonique depuis Soliman le Magnifique, et ils sont nombreux ceux qui croient que la Jérusalem des Balkans a perdu son âme en perdant ses Juifs, encore aujourd'hui difficile de comprendre pourquoi une telle hécatombe alors qu'à Athènes on parvint à sauver une partie de la communauté juive, est-ce la faiblesse du rabbin Koretz de Salonique, qui avait minimisé le danger nazi, ou la terrible efficacité des envoyés du IIIe Reich particulièrement zélés en ce lieu, que nous reste-t-il de cette brillante communauté rayée de la carte, décrite par Primo Levi comme « le groupe national le plus cohérent et de ce point de vue le plus évolué » au sein du *Lager*, et aujourd'hui en Grèce qui se souvient de la contribution extraordinaire des Juifs de Salonique à la culture grecque ? Les seuls qui évoquent la Shoah sont les néonazis d'Aube dorée, et c'est pour la nier.

Dans une Thrace *particulièrement vide et désertique*, réputée dans la mythologie pour abriter un peuple belliqueux, survient la troisième aventure de Gil Kemeid, celle de *la mort sur la route*, mettant en vedette le fermier fou et le camionneur couillard. L'incident qu'il relate semble si anodin, si coutumier qu'il ne consigne pas s'il est toujours en Grèce ou déjà en Turquie, peu importe, cela reste la Thrace dans les deux cas, *la fin de l'Europe qui meurt doucement avant de se jeter dans les Dardanelles et mourir à Marmara. Les montagnes ont laissé leur place aux plaines qui deviennent des steppes qui commencent déjà à devenir des déserts. Il fait chaud et le vent est fort. J'avançai donc lorsque devant moi je vis un amoncellement de voitures, autobus, camions. J'arrêtai. Tout à coup, un malheureux se précipita vers moi à toute allure les jambes au cou. Sur son visage une expression plutôt sérieuse. Il effectua un virage serré et se posta derrière une voiture. L'expression devint plus sérieuse encore. Derrière lui un deuxième personnage, une faucille à la main, tentant en vain de décapiter le premier (ce qui expliquait son expression). Derrière lui une horde de militaires, de civils criant tous à la fois. La chasse recommença, le premier individu courant pour sa vie, le deuxième courant pour cette même vie et la horde aussi. Plus tard je compris. Le premier type était un conducteur de camion qui avait malencontreusement heurté une voiture à chevaux, cassant l'essieu de ladite voiture. Le deuxième personnage était le cultivateur conducteur de ladite voiture, qui menait tranquillement ses melons au marché jusqu'à l'incident. La grande erreur du camionneur couillard (qui ne le serait pas à sa place) fut d'arrêter son véhicule et de descendre voir ce qui s'était passé. Plutôt que d'être accueilli par un constat d'assurance ou quelques insultes aiguës, il fit connaissance avec une faucille nerveuse et son maître qui l'était encore plus. D'où vint la course folle du camionneur. Heureusement que les accidents ne se règlent pas ainsi chez nous.*

Voilà donc ce qui reste des affrontements homériques de cette contrée mythique, tandis qu'il passe à quelques kilomètres du grand champ de bataille de l'Antiquité, y pense-t-il à la ville des villes qui marquait l'entrée de l'Hellespont et trônait sur la terre des Dardanes, ces rois qui donnèrent leur nom à la région que traverse maintenant non pas un char antique mais une Vespa 65, ici débute l'histoire grecque, ici commence la littérature occidentale, ici sont avérés les premiers contacts étroits entre l'Asie et l'Europe, encore là de l'autre côté du détroit commence l'archéologie, en 1870, sous les auspices de ce fou de Schliemann, lecteur fanatique de *L'Iliade*, archéologue amateur, pilleur professionnel, coiffant sa femme de bijoux qu'il croit être ceux de la belle Hélène, songe-t-il à cela mon père alors qu'il finit là où tout commence, les Turcs eux-mêmes n'y pensaient guère jusqu'à peu, car il n'y a que trois mois que la Turquie a reconnu Troie comme site historique, d'où partit Énée le premier migrant, pour aller fonder ce qui deviendrait l'Empire romain, et accessoirement l'Occident, parlant d'empire dans ces mêmes parages les Ottomans offrirent une cuisante défaite à la Triple Entente lors de la Première Guerre mondiale, d'ailleurs ce fait d'armes marque les esprits de la région bien plus que les bravoures d'Hector, cette fameuse campagne de Gallipoli, du nom de la péninsule au nord du détroit, orchestrée par les Britanniques et un jeune Premier lord de l'Amirauté de quarante ans s'appelant Winston Churchill, qui envoie la flotte prendre d'assaut ce goulot maritime long de soixante kilomètres, effectuant le lien entre la Méditerranée et la mer Noire sillonnée par la marine russe, alliée de l'époque, cette expédition vue comme une croisière en mer de Marmara dixit l'un des amiraux tourne au fiasco, l'étroitesse du goulot – moins d'un kilomètre en certains endroits – est telle que l'artillerie turque s'en donne à cœur joie, dirigée par le colonel Mustafa Kemal, les débarquements alliés se font repousser sur les plages et les flancs de colline, les troupes y restent des mois, fauchées par les balles, la dysenterie et la typhoïde, du pont des navires ancrés au large on pouvait sentir la puanteur des cadavres amoncelés, le général anglais Hamilton a cette phrase formidable : « Je ne suis pas surpris que les Grecs aient mis dix ans à conquérir Troie », puis on sonne la retraite et la défaite, l'heure de la honte retentit jusqu'à Big Ben, avec quarante-six mille morts, quatre-vingt-six mille blessés, un quart de million d'hommes malades, Churchill est poussé à la démission, on appellera la campagne de Gallipoli « la bataille pour rien », et par miracle la mémoire collective donnera plus d'importance au front ouest, on oubliera peu à peu cet épisode peu glorieux, amnésie qui permet vingt ans plus tard le retour du vieux lion sur le devant de la scène, aux Dardanelles Winston a failli noyer sa carrière pendant que la Turquie moderne y surgissait des flots sous les auspices de son héros Mustafa Kemal, futur Atatürk.

S'il y pense à cette bataille, ses sentiments doivent être entremêlés, coincés entre une éducation occidentale qui plaçait la Triple Entente du côté des justes, une certaine aversion pour l'Empire ottoman qui ne fut pas tendre avec les Levantins et les Égyptiens, puis enfin un non-amour des Britanniques comme on l'a vu, ces mêmes Britanniques qui un an avant de tenter l'assaut des Dardanelles, ont pris le canal de Suez et établi un protectorat en Égypte, tout cela à l'intérieur du vaste plan de mainmise sur la Méditerranée orientale.

En pénétrant sur les terres turques, Gil aurait pu croiser la nouvelle flotte qui fait son entrée dans les Dardanelles, sous la bannière étoilée américaine, une arrivée qui ne fait pas plaisir aux jeunes Turcs – les nouveaux jeunes, cette fois, lesquels ont fait en sorte que leur pays n'est pas épargné par la contestation sociale. Dès le mois de juin, l'université d'Ankara avait subi des boycotts et des occupations ; trois semaines avant l'arrivée de Gil un étudiant en droit à Istanbul, qui avait été blessé grièvement par la police, décède. Aux revendications habituelles pour davantage de liberté se superpose l'antienne étudiante de l'antiaméricanisme, mais elle prend une autre forme en Turquie lorsque les États-Unis envoient leur Sixième flotte et nomment Robert Komer ambassadeur, et ça les étudiants turcs ça ne leur plaît pas, parce que Komer, surnommé « le boucher du Vietnam », a eu comme mission de pacifier l'ancienne Indochine, plus véritablement de neutraliser des dizaines de milliers de Viêt-cong, plus précisément de les infiltrer, capturer, interroger, torturer, assassiner, dans quelques mois les nouveaux Jeunes-Turcs vont mettre le feu à sa voiture au boucher, mais pour l'instant ils en sont à la lecture de textes théoriques, on se passe sous le manteau des essais sur les fondements philosophiques du socialisme, le Petit Livre rouge de Mao que mon père aura dans sa bibliothèque juste pour emmerder son père alors que pas un seul iota de maoïsme ne se distille dans sa pensée et sa pratique mis à part son amour et son endurance pour les grandes marches, les jeunes Turcs ne plongent pas encore dans le radicalisme mais y pensent, jetant les bases de ce qui deviendra, dixit les militaires, le terrorisme d'extrême gauche, permettant au gouvernement d'instaurer la loi martiale, de ce bouillonnement politique Gil n'en a cure, car il vient de terminer son périple européen et de déposer son pied en Asie, les yeux écarquillés, *Istanbul est une ville incroyable, grouillante, où l'on retrouve l'ancienne Byzance et l'actuelle Arabie. Les grands bazars sont remplis de richesses et de monde, le ciel est percé de minarets et le Bosphore est une véritable mer. À propos il y a beaucoup de Turques blondes et rousses*, sur la carte postale on voit l'estuaire de la Corne d'Or où fut érigée Byzance, qui se jette dans le Bosphore, barrée à son entrée par une chaîne pendant des siècles afin de protéger la ville, au sommet de la Corne trône majestueuse la mosquée Süleymaniye aux quatre minarets et dix balcons rappelant que Soliman le Magnifique était le quatrième sultan de Constantinople et le dixième sultan de l'Empire ottoman, son architecte chrétien d'origine arménienne, Sinan, veut dépasser la splendeur de Sainte-Sophie et offrir à celui qui prend le nom de Magnifique chez les Occidentaux et de Législateur chez les siens son chef-d'œuvre absolu, voilà le jeune Levantin au cœur de l'empire, il n'écrira qu'une seule carte postale au cours de son séjour d'une semaine à Istanbul, qui montre une vue du quartier d'Ortaköy, sur la rive européenne du Bosphore, « le village du milieu » regroupait les communautés musulmanes, chrétiennes et juives sous l'Empire ottoman, *je n'ai rien de particulier à te dire mais cette carte est si jolie que j'ai décidé de te l'envoyer, je t'aime*, il est perdu au cœur de ses pensées, ça y est il y est, il a relié les capitales des trois empires, Londres, Paris, Istanbul, sous les jougs desquels toutes ses patries ont été asservies, Égypte, Liban et Québec, il a bouclé le tour colonial, sans jamais avoir touché la terre originelle, en sera-t-il capable, par-delà le Bosphore l'Asie est là qui l'attend, mais le temps fuit à grandes enjambées, le voici à la mi-août, son vol de retour pour Montréal quitte Londres le 12 septembre, il lui reste à peine un mois pour gagner Beyrouth, peut-être lorsqu'il aura atteint la matrice il n'en bougera plus, jettera enfin l'ancre, ne prendra pas son retour, adieu Londres, adieu Montréal, adieu Carole, une nouvelle vie se pointe à l'horizon ou plutôt une ancienne vie émerge des grands fonds oubliés de l'Histoire, quatre-vingt-cinq ans après son grand-père qui quitta Beyrouth pour Alexandrie, sera-t-il le premier Kemeid de sa branche à renouer avec la vie levantine, seize ans après l'exil en terre canadienne viendra-t-il réparer la brisure créée par son père, qui refusa de rejoindre la montagne des ancêtres, oh je ne le sais réfléchit mon père, irais-je plus modestement tâter le pouls du quotidien là-bas, suivre quelques cours en architecture, réapprendre la langue maternelle, voir si j'y suis et si oui, qui suis-je, allez Gil encore un effort si tu veux redevenir libano-égyptien, commence par Beyrouth, qui sait finiras-tu par échouer au Caire sur les berges de ton Nil, et c'est ainsi qu'il se dirigea en direction de la rive asiatique du Bosphore, carte d'étudiant en poche, vers la grande gare du monde ottoman d'Haydarpaşa qui relie Istanbul à Bagdad par voie ferrée, payant l'équivalent de onze dollars pour un trajet de soixante heures en troisième classe, il est huit heures trente en ce 17 août 1968, et l'un des moments les plus importants de son existence – et donc de la mienne – va se jouer à quelques mots près.

C'est dans une lettre expédiée de Bulgarie qu'il relate ces événements à ma mère, retranscrivant ce dialogue entre un préposé à la billetterie de la gare et lui :

— *À propos, dis-je, je n'aurai pas besoin de visa pour le Liban, n'est-ce pas ?*

— *Non.*

— *Ah bon, c'est bien. Et pour la Syrie non plus, n'est-ce pas ?*

— *Peut-être.*

— *Comment, peut-être ? Vous n'êtes pas sûr ?*

— *Non.*

— *Vous voulez dire qu'après 48 heures sur une banquette de troisième classe d'un train turc sans salle de bains, il se peut que je sois refusé à l'entrée de la Syrie et que je doive revenir de la même façon ?*

— *On ne vous garantit rien.*

Sa volonté reposait déjà sur un socle fragile, mais il ne dépose pas tout de suite les armes. Le lendemain, il se présente à l'ambassade syrienne, sise dans un appartement lugubre au deuxième étage d'un immeuble vétuste. Il sonne, pas de réponse, entre, aperçoit deux petites pièces mal éclairées, une sorte de salle à manger et ce qu'il appelle un vivoir, dans la salle à manger un garçon mal rasé tape à la machine à écrire sur une table de fortune, dans l'autre pièce un petit monsieur semble être le grand vizir qui délivre les visas.

— *Je vais en Syrie en scooter, monsieur le consul, aurai-je besoin d'un visa ?*

— *Je ne suis pas consul, vous aurez besoin d'un visa, Nour El-Dine apporte-moi un café.*

— *Comment l'obtenir ?*

— *Il faut faire la demande, Nour El-Dine, un café !*

— *Je la fais.*

— *De quelle nationalité ? Nour El-Dine !*

— *Canadien.*

— *Il faut envoyer un télégramme à Damas. Un café !*

— *Faites.*

— *Non, c'est vous qui faites et après on verra la réponse. Nour El-Dine !*

— *Combien d'heures ça va prendre, cette réponse ?*

La Corne d'or et la mosquée de Soliman le Magnifique
Istanbul

— *Dix jours, un café !*

— *En somme à peu près aussi longtemps que votre café, je vous remercie, monsieur le consul, et je dirai en sortant à Nour El-Dine de vous apporter un visa.*

Et c'est ainsi que se clôt la tentative du retour au pays natal de Gil Kemeid.

Je n'ai découvert cet échec qu'au moment de mes recherches pour écrire ce livre. Jamais mon père ne m'en avait glissé mot. Était-ce devenu anodin, le souvenir de la traversée de l'Europe avait-il suffi à supplanter la volonté de regagner la patrie, avait-il jugé ce désir comme pure lubie passagère, construction mentale d'un jeune homme en recherche d'origines, de racines, s'était-il battu pour ne pas se faire submerger par le regret ?, quand il refera exactement cet itinéraire avec ma mère il ne répétera pas davantage sa tentative, et s'il partagea avec nous par moments son souhait de passer Noël au Sinaï, jamais il ne repassera aussi près de retourner sur le sol natal qu'en ce 17 août 1968, où l'attente d'une dizaine de jours lancée vaguement par un faux consul mais vrai vizir suffit à enterrer toute aspiration de reconnexion avec la langue, l'odeur, la chaleur, la mer, la montagne, la musique et les fruits d'une terre jugée bénie par sa famille sur des générations et des générations.

6

Dès lors que fondent les espérances au sommet du mont Liban, la réalité le heurte de plein fouet : il ne lui reste que vingt-deux jours pour rebrousser chemin sur sa Vespa afin d'attraper son vol de retour à Londres. Commence la dernière des cinq aventures du « cher petit Gil », intitulée *La montre court vite*, dont les rôles sont tenus par la montre et le scooter, nous indique-t-il. *Eh bien celle-là elle n'est pas terminée. Nous sommes le 20 août. Je suis en Bulgarie. Il me reste la Roumanie, la Hongrie, l'Autriche, la Tchécoslovaquie, la Bavière et la France à traverser. Je dois trouver une solution au scooter, vente ou garage. Je dois prendre quelques jours de vacances à Londres pour ne pas revenir à ma petite Carole tout tapé. En calculant au minimum trois jours pour solutionner le scooter (optimiste !), trois jours de vacances (minable), ça me laisse 16 jours pour faire tous ces pays en ne supposant aucun arrêt, aucun pépin, aucune pluie (il a plu aujourd'hui). Alors tu vois.*

Et c'est parti. Il roule si vite qu'il a tout juste le temps d'écrire, et encore moins de temps pour envoyer de nombreuses cartes postales : entre Istanbul et Londres, seulement dix d'entre elles parviendront à ma mère. L'angoisse de rater son vol ne l'empêche pas cependant de goûter aux charmes de la Bulgarie, ce petit État modèle de l'utopie communiste, si parfaitement régi et réglé que Moscou ne s'en inquiète guère, nul besoin d'espion ou d'infiltration à Sofia, ils sont plus rouges qu'au Kremlin, dans ce pays pas si déstalinisé, à l'apparence sereine mais au fond austère, Gil Kemeid se plaît, parcourant les routes d'une contrée qui va plonger sous peu dans les abîmes de la « régénérescence nationale », pilotée par la fille du dirigeant Jivkov, c'est-à-dire l'éradication de la présence turque et musulmane dans le pays, je ne peux croire, me raconta-t-il des années après, qu'ils vont vider cet extraordinaire creuset que constitue la Thrace antique, abattre les minarets, interdire d'autres langues que le bulgare, condamner tout rituel musulman, changer les prénoms de huit cent cinquante mille Bulgares, les Svet, vous vous appelez désormais Enver, les Cebrail, Gavril, sinon vous pouvez aussi rajouter ev ou ov, comme les Russes, Ali devenant Aliiev, et on invente une histoire bulgare, avec une belle souche aryenne, et les Bulgares musulmans ? Nous dirons que les pauvres ont été islamisés par la Sublime Porte mais c'étaient eux aussi de bons Aryens, et nos origines celtes, grecques, slaves, byzantines, ottomanes ? Nenni, que des Thraces partout sur le sol de l'Histoire, et on invente un peuple, les Bulkh, qui vivaient à Balkh en Bactriane, ça tombe bien, Balkh / Balkans, d'ailleurs me rappelait mon père la seule étymologie du mot *balkan* est susceptible de déclencher une guerre, difficile pour certains d'admettre qu'il s'agit d'un mot turc, qui veut sans doute dire « montagne boisée », même si la légende préfère y lire « de miel et de sang », chez les Perses cela devient « maison haute », chez les Frisons « chaîne rocheuse », chez les Norrois « bloc », et ils viennent d'où ces supposés Bulkh dont l'existence semble moins certaine que celle des Sélénites, eh bien du mont Iémon dans le Pamir, ce sont des cavaliers iraniens, donc des Aryens, bref cette fumisterie protochronique passera du comique au tragique, poussant ceux qu'on nomme maintenant les Bulgaro-Turcs à émigrer en Turquie en 1989, ils sont trois cent soixante mille à prendre le chemin inverse de Gil, on n'avait pas assisté à un tel déplacement de population depuis 1945, des Bulgares vont rivaliser d'euphémisme en baptisant cet exode « la Grande Excursion », expression plus jolie que « nettoyage ethnique ».

Me voici à Bucarest, ville assez quelconque mais après réflexion, Montréal ne l'est-elle pas elle aussi ? J'ai beaucoup aimé la Bulgarie, définitivement les Slaves donnent beaucoup d'atmosphère. Il a plu énormément et fait un froid de loup mais maintenant il fait chaud. Tout le monde parle de la Tchécoslovaquie mais je n'arrive pas à me procurer de journal. Je me demande ce qui y est arrivé. Dans trois semaines je reviens. Gil ne comprend rien à la situation : c'est à la fois la liesse dans la capitale roumaine, pour célébrer la fête nationale du pays, l'euphorie déclenchée par le discours de Ceauşescu deux jours auparavant, exprimant sa solidarité avec le peuple tchèque, et l'angoisse terrible d'une invasion. Il ne sait pas encore que dans la nuit du 20 au 21 août, quatre cent mille soldats soviétiques, en provenance de la Pologne, de la RDA, de la Hongrie, de la Bulgarie et de l'URSS, appuyés par sept mille chars d'assaut et près d'un millier d'avions, soit l'équivalent des forces armées américaines au Vietnam, ont pénétré en Tchécoslovaquie et écrasé le Printemps de Prague. L'extrême gauche européenne dans son ensemble est dévastée, des partis communistes de plusieurs pays s'opposent à l'invasion, Ceauşescu dans une mise en scène savamment orchestrée s'adresse à la foule depuis le balcon du Comité central pour condamner l'intervention militaire des pays membres du pacte de Varsovie. La parenthèse enchantée de l'été 68 vient de se fermer : l'ordre n'a pas été vaincu, le socialisme à visage humain ne verra pas le jour. Il faut rentrer à la maison maintenant, et vite.

*

Chère Carole, me voici en Transylvanie subcarpatique aux frontières de la Valachie. Les montagnes sapinées surplombent des chalets sculptés de style vaguement autrichien tandis que dans les villes la renaissance habsbourgeoise imprime les édifices. La situation en Europe s'est subitement aggravée à cause de l'invasion de la Tchécoslovaquie et les ambassades en Roumanie ont conseillé à leurs ressortissants d'évacuer le territoire. Je me dirige vers la Hongrie où le passage à la frontière est encore assuré quoique ceci n'est pas définitif. De toute façon mon voyage à Prague semble compromis. PS : J'aurais voulu aller en Moldavie. Il ne fait aucun doute que la Bulgarie et la Roumanie à elles seules méritent quatre mois.

La Moldavie… Je ne sais pas pourquoi il en rêve, une fois de plus le brassage multiethnique l'attire comme un aimant, les incongruités de l'Histoire, les pays impossibles et impensables, presque imaginaires, les noms aux parfums de légende, Bessarabie, Transnistrie… À l'époque où il est attiré par la route qui mène à la frontière moldave alors qu'il se trouve à Braşov en Roumanie, la Moldavie reste une république soviétique, essentiellement située entre les fleuves Prut et Dniestr, coincée entre la Roumanie et l'Ukraine, abritant la Bessarabie historique à l'étymologie des plus obscures, grande honte de la part des protochronistes roumains avec cette consonance arabe difficile à détricoter, n'ayant comme os à gruger que le surnom du fondateur de ce royaume perdu et oublié, nul autre que le voïvode Bessarab Ier, prince de Valachie, vainqueur des Tatars dans les marais fumants du Danube, ce petit cercle de la révision historique se lance dans des explications fumeuses, « *basar* » veut dire « régner » et « *aba* », « le père », ou mieux avancent des Russes, « *bez* » signifie « sans », donc « sans arabes », ouf, c'est une région désarabisée, mon père voulait-il être le premier Arabe à fouler ces terres au nord des bouches du Danube ?

Il songe à cela au pied de l'église noire de Braşov dont une carte postale qu'il envoie à ma mère offre une photo enneigée au pied de la colline Tampa, lui s'y trouve à la fin du mois d'août par près de trente degrés Celsius, fasciné par ce monument luthérien bâti par les Allemands de Roumanie, fort nombreux dans cette ville qu'ils nommaient Kronstadt, puis il continue sa route vers Sibiu, la Hermannstadt de ces Saxons de Transylvanie, qui malgré leur surnom venaient plutôt de la Moselle, du Luxembourg et de la Flandre, les premiers parmi eux sont envoyés par le roi de Hongrie au XIIe siècle pour garder les frontières méridionales du royaume contre les invasions tatares et turques, mais également pour y développer le commerce et l'artisanat, ils participeront à la fortification de sept villes qui donneront le nom de Siebenbürgen à la Transylvanie, formeront cette incroyable minorité produite par un accident de l'histoire qui ne s'intégrera plus jamais nulle part, considérée comme germanique en Roumanie et roumaine en Allemagne, se sent-il comme eux le maronite constamment ballotté par les grandes nations environnantes ?, minoritaire en tout temps, persécuté souvent, exclu toujours, dans tous les cas le voilà remontant involontairement le cours migratoire de ces colons allemands, lesquels suivront tranquillement le sillage de sa Vespa dans les années à venir, victimes des exactions du régime dictatorial de Ceauşescu ; à Cluj, autrefois Klausenburg mais pas encore Cluj-Napoca car il faudra attendre six ans après le passage de Gil pour que Ceauşescu appose à la ville le nom de Napoca, rappelant la tribu dace qui la peuplait, dont le dérivé donna aux Romains le nom de Napoca, ce ne sont ni les Hongrois qui forment le quart de la population de la ville, ni les germanophones qui attirent son attention, mais bien les Tchèques : *Cluj est une ville superbe et j'aurais voulu m'y attarder. Mais le temps presse, les événements itou et je me dirige l'esprit chargé vers Budapest. De toutes façons je me promets de revenir un jour en Transylvanie. J'ai dormi dans un complexe universitaire bourré de malheureux Tchèques qui ne peuvent revenir dans leur pays. Je n'ai pas besoin de te décrire l'atmosphère qui y règne. Enfin. La vie ici est si peu chère que ça fait mal au cœur. Les grands hôtels, les grands restaurants, le service royal à 4 $ par jour... Plein de gitans et d'ermites sur la route. Hier j'ai vu un mariage dans un village. Je n'ai jamais vu quelque chose de si stylé, de si classique. Si fin que ce défilé prénuptial en route vers l'église. Et après on se moque des gens des campagnes ! Beaucoup de croix de chemin. Des Carpates je me dirige vers la Bohême et la Moravie.*

Il aurait pu tout autant me faire la morale au sujet de mes propres préjugés car la carte postale qu'il envoie de Cluj me faisait beaucoup rire, tant elle semblait illustrer une vie archaïque, une vie de paysans du Moyen Âge, aux églises en bois et aux toits de paille, ils vivaient comme cela dans la Roumanie de 1968 pensais-je, réconforté d'être né du bon côté du Mur, la tête façonnée par la vision de *Tintin au pays des Soviets*, quelle idiotie de ma part, il me fallut attendre des années pour me rendre compte qu'il était écrit au verso de la carte « *Muzeul etnografic al Transilvaniei* », l'attirail folklorique que l'on aperçoit en photo a été inauguré quelques mois avant le passage de mon père, dont cette belle église en bois qui ne vient pas d'être construite mais a plutôt été fondée en 1773 dans le village de Cizer, toujours soucieux de mettre en valeur le fonds historique de son pays Ceauşescu la fait démonter pour la remonter et la remontrer dans cette section forestière du Musée ethnographique de Cluj, il fabrique de la carte postale pour les cartes postales, il donne à voir ce que l'on attend de la Transylvanie, ainsi le touriste en goguette sera réconforté face à cette reconstitution artificielle, absurde, vidée de son substrat, insensée, prélude aux fausses vieilles cités, aux remparts de stucs et échoppes de carton-pâte, qui n'ont rien à apporter de plus que les reproductions factices des merveilles du monde dans les casinos de Las Vegas.

*

Gris foncé, première couleur qui me vient en tête quand je pense à la Hongrie : une impression sans doute injuste, mais telle est la vision qu'en eut Gil Kemeid lorsqu'il y pénétra le 25 août 1968. *Ma chère Carole : la situation ici est chargée. Les routes vers*

Musée ethnographique de Transylvanie
Cluj

la Tchécoslovaquie sont fermées et mes projets pragois sont à l'eau (avec le climat, il pleut à verse). Même la frontière avec l'Autriche est fermée sauf à un seul endroit. Mais pour l'atteindre il faudrait que je parte maintenant et c'est l'orage. Or mon visa hongrois expire demain. Bude est lugubre, peut-être à cause du climat et les gens sont préoccupés. Je serai heureux d'atteindre l'Autriche. Un bon point. On mange très bien ici et les filles sont fort jolies.
Il faut dire qu'il y a de quoi être préoccupé : Prague est toujours occupée, les négociations ne sont pas terminées avec les dirigeants tchécoslovaques, présents à Moscou, le marché noir s'est déjà installé, une résistance prend forme, « *Ruszkik haza !* » – « Retournez chez vous, les Russes ! » – et autres slogans apparaissent, à Budapest encore traumatisée par les chars soviétiques de 1956 et les deux mille cinq cents morts, personne ne bronche. « Ils marchaient tous la tête basse, me racontait mon père, une dame m'avait presque plaqué contre un mur en me confiant une lettre et en me suppliant de la poster une fois de retour à l'Ouest. »

Le fameux pont des Chaînes, emblème de Budapest, illustre la carte postale ; si sa construction a été terminée en 1849, cela ne fait pas vingt ans qu'il a été reconstruit, après son dynamitage par les Allemands. Les lions gardiens de son entrée renvoient Gil aux fauves du pont Qasr-el-Nil, qui l'avaient fortement impressionné dans sa jeunesse, en troquant le Danube pour le Nil pouvait-il y voir des réminiscences de son enfance, j'en ai de forts doutes, mis à part les lions aucun élément de correspondance ne pouvait jaillir entre Le Caire et Budapest, est-il allé vérifier si ces lions de pierre possédaient une langue, confirmant la légende du suicide de leur sculpteur, alors qu'il se rendit compte de sa bévue, si tel avait été le cas Gil aurait aperçu un petit bout de langue, qui jamais ne permit cependant aux lions du pont des Chaînes de parler, c'est dommage elle était belle cette histoire du sculpteur se jetant de désespoir dans les eaux du Danube, pourquoi une telle légende, que voulait-on signifier par là, la folie qui s'empare de l'artiste lorsqu'il croit pouvoir donner vie, ou redonner existence, faire parler les morts, dompter les fauves, *chère Carole, que je suis content d'être sorti de Hongrie. J'espère que tu as reçu la carte que je t'ai envoyée de Budapest. Je n'ai jamais vu de ville plus lugubre que celle-là. Les routes étaient bloquées par des soldats et ils m'ont fait faire un détour de 100 milles pour sortir de leur stupide pays. J'ai été arrêté plusieurs fois par des soldats mitraillette à la main. L'Autriche est adorable et Vienne est une ville impériale. Demain je pars pour Salzbourg. Je vais laisser faire Munich et aller directement à Innsbruck.*

Comme la voie la plus directe entre Budapest et Vienne longe la frontière tchécoslovaque, l'armée soviétique l'a forcé à passer par le sud, sur la route qui mène à Graz. C'est au poste-frontière hongrois de Kőszeg qu'il quitte enfin le bloc de l'Est, le 26 août 1968, rejoignant ce que l'on appelait « le monde libre », encore ébranlé par la peur d'être coffré par les militaires, ou tabassé, ou menacé, ou pire, mais mis à part quelques épisodes où il se fit hurler de foutre le camp, où on le fouilla jusqu'aux os, et où on lui donna quelques heures à peine pour rejoindre le rideau de fer, il est intact, et a réussi à garder contre son cœur cette lettre que lui avait confiée la vieille dame hongroise, qu'il postera à Vienne et dont jamais il ne connut le contenu.

*

Le contraste entre l'austérité hongroise et la florissante bourgeoisie autrichienne le sidère. *Je suis chez le coiffeur en attendant mon tour d'être tondu. Salzbourg et sa région sont très jolies, même pittoresque tyrolien. Les sales bourgeois (sic) sont très polis. Je me dirige vers Innsbruck et si possible Zurich, puis le magnifique Oberland bernois. Après j'espère aller soit à Londres soit à Paris vendre mon scooter. De toute façon je te verrai dans deux semaines.* Il ne rechigne pas devant ce luxe et cette paix sociale : il y eut bien quelques manifestations étudiantes en Autriche mais rapidement le cours normal des choses a pris le dessus ; le 23 juin précédent le dirigeant socialiste Bruno Kreisky a vilipendé les leaders étudiants : en Autriche on réforme, on ne révolutionne pas, et tous ont acquiescé. Dernière marche du monde capitaliste avant le monde collectiviste, le pays se range sous la bannière d'un ordre établi, accepté, apprécié. Mon père entre à Salzbourg au moment où s'ouvre une nouvelle édition du fameux Festival, sous la houlette de l'enfant du pays pur et beau, Herbert von Karajan, Gil n'a pas pu y assister, fauché comme il l'était, et pour être franc, outre le fait qu'à ce moment-là, malgré son conservatisme certain, les vocalises lyriques l'ennuient profondément, s'il avait pu il aurait davantage été attiré par les ballades mielleuses et pop du Festival de San Remo, mais le chant des torrents et de la bise agitant les épines des sapins remporte la mise au-delà des cordes pincées, qu'il les aime profondément ces Alpes autrichiennes, passant du Tyrol au Vorarlberg, le voici au Berghaus Sonneck à Lech, *je me trouve dans l'auberge que tu vois sur la carte, ayant quitté Innsbruck hier matin je me dirigeais vers la Suisse. Mais le mauvais temps et le froid m'ont contraint à chercher refuge ici. L'auberge de jeunesse étant complète, j'ai dû venir dans cet hôtel. Le ciel est toujours lourd, gâchant ainsi la vue des pics mais je dois partir car malheureusement il ne reste plus beaucoup de temps. Je continue à espérer qu'il fera beau ; la vue est trop magnifique pour ne pas pouvoir en jouir.* Nul besoin d'entendre une flûte pour être enchanté lorsqu'on peut rouler en Vespa dans les Alpes.

Il retombe sur ses roues en croisant Berne, qu'il avait parcourue rapidement lors de sa première virée alpine, mais vise cette fois les Vosges. *Je viens de traverser la Franche-Comté qui est adorable et je me retrouve dans le Territoire de Belfort, plus exactement au col du Ballon d'Alsace, 4 000 pieds. D'ici on peut voir très très loin les montagnes suisses que j'ai traversées, ce qui est incroyable. Malheureusement, comme d'habitude, il pleut légèrement et je ne vois rien. Enfin, je déguste un petit vin d'Alsace en pensant que dans une semaine et deux jours... Quel dommage que je doive vendre mon scooter plutôt que l'apporter au Québec, on se serait bien amusés.* La carte postale est envoyée le 29 août en provenance du stand des démineurs de France, au Ballon d'Alsace, fameuse étape du Tour de France qui l'année prochaine fera entrer dans la légende ainsi que dans un maillot de couleur jaune Eddy Merckx dit Eddy Ier. On n'y voit pas le monument aux Démineurs de France, érigé quelques années plus tôt sur cette frontière entre les Vosges, département qui fut le plus miné, et le Territoire de Belfort, rappelant les cinq cent quatre-vingt-douze démineurs morts au cours des trois années qui suivirent l'Armistice, trois longues flèches de pierre de dix mètres de haut symbolisent une explosion soudaine, au bas de ces flèches est projeté un homme, nu, impuissant, le visage et le corps pétrifiés, mais rien de cette horreur guerrière en temps de paix – vous mourrez soufflé par une mine pendant qu'autour de vous on trinque à la paix retrouvée – ne transparaît sur cette carte postale des Hautes-Vosges dévoilant les vertes vallées estivales du massif du Hohneck au lever du jour, nimbées de la brume matinale, un matin du monde comme tant d'autres, pas une âme humaine ni une construction ne viennent maculer le paysage, qui semble immuable depuis les premiers temps, intact, innocent, pur, écarté de la folie des hommes, et pourtant c'est ce même brouillard, mué en blizzard, agrémenté de couches de neige, de plaques de glace et de tourmentes givrées qui bloqua les fusils, stoppa les mulets, fit glisser les soldats et exténua les troupes, entraînant la défaite du bataillon de tirailleurs tunisiens venus en renfort aux Forces françaises de l'intérieur, qui avaient reçu l'ordre de tenir le sommet du Hohneck durant sept jours et sept nuits contre le feu nourri de la Wehrmacht, ces tirailleurs perdant quarante des leurs, tandis que cent vingt autres sont blessés, et tous les survivants sont faits prisonniers, ainsi se solda la « Sidi-Brahim des neiges » pour ces hommes dont la plupart au cours de leur courte vie n'avaient pas encore aperçu un seul de ces flocons blancs et ouatés qui enchantent tant les enfants.

*

Crépuscule à Paris place de la Concorde. On y voit la statue de Strasbourg, de dos, qui était drapée de noir lorsque l'Alsace et la Lorraine étaient rattachées à l'Allemagne. Au loin, la tour Eiffel, et au milieu de la place, comme gage de paix après les années sanglantes de la Révolution, où la guillotine fit de cette place le tombeau des Louis XVI, Marie-Antoinette, Danton et Robespierre, un monument selon le roi Louis-Philippe « dont la neutralité n'éveillât point les passions » : un obélisque égyptien.

Me voici à essayer de vendre mon scooter. J'ai placé une annonce dans Le Figaro *de samedi. Et une autre dans l'auberge. Si ça ne colle pas et lundi je saurai, mardi je vais à Londres et je l'apporte au*

Canada. La dernière carte postale est écrite le 11 septembre 1968, à Londres. Il s'agit d'une vue nocturne de la capitale anglaise, à partir du Post Office Tower, le gratte-ciel le plus haut du Royaume-Uni à cette époque, qui a été ouvert au public trois ans auparavant. *Aujourd'hui est le dernier jour de mon voyage en Europe, demain je prends l'avion. Ceci aussi est la dernière carte que je t'envoie. Tu as été ma compagne fidèle durant ces quatre mois, m'écoutant patiemment tandis que je te débitais mes soucis quotidiens. Je t'en remercie ; sans toi je n'aurais jamais pu y parvenir. Les derniers jours ont été particulièrement mouvementés mais ceci sied bien à un voyage qui le fut tout autant. Un jour nous repartirons car malgré toutes les tribulations, je me sens l'âme du nomade.*

Le jour de son départ, la Sorbonne rouvre ses portes. On a nettoyé les locaux, réparé le mobilier, effacé les graffiti, repeint les murs. « Cours, camarade, le vieux monde est derrière toi » a disparu.

*

Il repartira, cette fois avec ma mère, en 1970 – retraçant exactement l'itinéraire de 68 –, puis en 1971, toujours sur sa Vespa. Il ne cessera de reprendre la route, par monts, par vaux, par mer, plus jamais seul cependant car ce qu'il souhaitera par-dessus tout, c'est que ses proches aient la chance de contempler ces merveilles un jour, et idéal absolu, de revivre le voyage tous ensemble, sa compagne et ses parents réunis avec lui, sa famille, celle qui a été arrachée à sa terre natale, exilée de la Méditerranée, il ne veut que ça au fond, recréer une Arche sur des rivages semblables, à Rhodes en 1973 le rêve prend forme, cinq ans après son périple en scooter, tout se met en place pour refonder une vie sur l'île grecque des Hospitaliers, pas trop loin du colosse de Maroussi, de Durrell, des beatniks, des hippies, il y avait cet écrivain allemand qui passait ses journées à taper à la machine me disait mon père, mais je ne me souviens que de son prénom, il était très connu tu sais, il y a eu quelques années après un film sur une de ses œuvres, Günter quelque chose, mais en 1973 ils n'y sont pas encore, ils attendent à Genève que ses parents, eux aussi en voyage, viennent les rejoindre, pour ensuite ensemble rallier la Grèce, ils attendent mais les parents ne viennent pas, la journée passe, ils ont dû avoir du retard, on n'angoissait pas à tout bout de champ à propos des délais en ces temps démunis de portables, puis une pancarte se détache de la foule dans la gare ferroviaire de Genève, il est écrit « Gil Kemeid », la suite n'est pas claire, votre mère a eu un accident de voiture elle est très mal, c'est arrivé en Touraine, près de Chinon, mes parents prennent aussitôt la route et traversent la France d'est en ouest sans dire un mot, Gil sait que c'est grave, je ne sais pas s'il s'arrête au cours des six heures et demie de trajet, à part pour faire le plein, je ne sais pas non plus combien de jours se sont écoulés entre l'accident et l'annonce faite à mon père, mais quand il arrive à Chinon sa mère est déjà enterrée au cimetière, dans un pays qui n'est pas le sien.

*

Alors que je m'apprêtais à mettre le point final à ce texte, ma mère m'a donné une des rares lettres qu'il a envoyées au milieu de ses cartes postales – il n'y en a eu que trois je crois. Elle témoigne des questionnements existentiels d'un jeune homme de vingt-deux ans, non exempts de naïveté, mais dévoile également la facette d'un père qui m'était inconnue.

À mesure que mon voyage s'étale, je me rends compte de vérités auxquelles je n'étais pas éveillé auparavant. Le voyageur croit découvrir de nouvelles contrées et changer d'horizon. Il cherche de nouveaux territoires, il est assoiffé de conquêtes, piqué de curiosités. Mais il n'y a pas de conquêtes et il n'y a pas de découvertes. Tous les hommes se ressemblent et tous les endroits sont les mêmes.

Et celui qui était parti chercher ne se doutait guère de ce qu'il allait trouver. Car l'on ne trouve pas les autres, on se trouve soi-même. L'ermite et le géographe sont frères, les deux emmurés dans leur propre prison, les deux aussi seuls. La découverte des autres n'est possible que par l'amour et pour qu'amour s'installe il faut s'installer aussi, principe que ne peut respecter le voyageur.

J'ai rencontré peut-être 200 personnes en un mois et pourtant je suis seul. Mais j'ai découvert quelque chose que je ne savais pas. Et c'est cela qui vaut tout le voyage. Que le vrai voyage n'est pas à travers le monde mais à travers soi-même. L'ermite et le Juif errant sont confrères et l'amant est explorateur. La solitude n'est pas néfaste. On s'y habitue et je sais que cette vie, je pourrais à la rigueur la faire éternellement. Ce qui fait peur dans la vie, c'est la terrible capacité d'adaptation des hommes. Que les choses ne soient pas telles qu'on le croyait, voilà une déception, mais que les choses puissent devenir telles qu'on le voudrait, voilà le danger car cela prépare toutes les possibilités, y compris les pires.

Je me croyais dur. Je découvre que je suis sensible, déception rassurante. Je sais que je peux durcir. Je me croyais fort, or je suis faible. Déception nouvelle mais douce. Je sais aussi que je peux devenir fort et ça m'effraie.

Car l'homme n'est pas statique. Et à mesure qu'il vit, il se range d'un côté ou de l'autre.

Il y a deux semaines j'avais horriblement besoin de toi. Et maintenant toujours. L'angoisse des premiers temps cède à la résignation. Et c'est cela qui m'effraie.

Face aux manifestations d'il y a un mois, j'étais plongé dans une profonde tristesse. Aujourd'hui, elles me sont indifférentes. Et devant les merveilles architecturales de Paris, j'avais eu des larmes aux yeux ; maintenant je laisserais volontiers Reims et sa merveilleuse cathédrale pour la route qui mène n'importe où.

Il y a une griserie du voyage qui n'est pas celle de la curiosité mais celle de cet éternel changement qui déroute tellement qu'il finit par sombrer dans l'arrière-plan, ne laissant à l'homme que lui-même. Tel le bateau dans la tempête cherchant refuge dans un quelconque havre accueillant, face aux vents de travers le voyageur ne peut se confier qu'aux profondeurs de lui-même.

Et si son âme n'est pas des meilleures comme c'est souvent le cas, il y découvre amplifiés les défauts qu'il critiquait chez les autres tout en les abritant hypocritement en son sein.

L'autocritique ne peut se faire qu'en temps calme. En pleine tempête, le voyageur voyant ses défauts les tolère car le noyé s'accroche à toute paille. Mais le danger passé, des changements s'imposent.

Mettons un trait final à ces considérations parce qu'elles ne te sont certainement pas claires ; elles ne le sont pas non plus pour moi. Pour qu'elles le soient il faudrait que mon âme soit moins brumeuse et ma raison plus capable de traduire ce que je crois. Mais la raison peut-être par esprit d'autodéfense essaie toujours plutôt de laisser croire aux autres ce qu'elle veut bien qu'ils croient, qu'elle croit, car si elle se découvrait totalement ses défauts seraient trop cruellement visibles.

Et cette qualité que l'on appelle l'âme claire ou transparente ou cristalline, n'est-elle pas tout simplement un aveu d'incapacité de la raison de « couvrir » l'âme chez ceux qui posséderaient cette qualité, ou serait-ce plutôt un habile subterfuge savamment dissimulé d'une raison très compétente dans son travail de défense ? Entre moi et mon interlocuteur il y a ma raison, la sienne, la personne que ma raison tente de projeter, la même chose chez mon interlocuteur, la réception de mon interlocuteur par ma raison, et sa réception de moi. Ça fait six personnes. Mais aucune n'est vraie. Car la vérité c'est mon âme et la sienne. Or, si déjà je ne connais pas mon âme et si en surplus il ne connaît pas la sienne, alors quelle possibilité de dialogue vrai et de connaissance réelle peut-il y avoir entre nous ? Seul l'amour peut percer tout cela. Mais l'amour est si rare. Et si souvent bafoué car une fois l'ultime but atteint, l'âme de l'interlocuteur, quelles sont les chances que celle-ci me soit sympathique ?

Le vrai voyage est justement celui-là et aussi la vraie conquête, le naufrage, la déception et peut-être la mort.

De tout le reste, je ne puis voir que paysage, folklore et verbiage. Il n'y a rien de mal, rien de bien, rien de laid, rien de beau, rien de blanc, rien de noir. Il n'y a pas de tout, pas de rien. Il y a moi, il y a toi et le reste.

*

Une part d'échec subsiste dans ce qui a constitué, pour nous tous dans la famille, un socle mythologique. Cette tentative de retour au pays natal me fascine. Le refus de mon père d'entrer dans l'Histoire, du moins de ne pas l'accompagner, parce que trop pris par une quête personnelle, m'émeut, mais me contrarie aussi. Sa soif de liberté, impliquant une vision individualiste de la société, n'a cessé toute ma vie de me poser des questions : son attitude anti-Mai 68 n'était pas nourrie par une idéologie de droite, mais plutôt par celle d'une anarchie bienveillante, d'un refus de suivre toute mode quelle qu'elle soit. Thoreau, plutôt que Pompidou, mais de Gaulle cent fois avant Dany le Rouge… Et pourtant, que d'idéaux de 68 ont guidé sa vie, et les nôtres. Je suis l'enfant issu de ce tissu de contradictions ; de quête vouée à l'échec, mais aussi de folle envie de liberté ; de nostalgie voyageuse et de râles face aux obstacles qui nous empêchent d'avancer, de courir, de voler. Non pas tant pour nous évader, mais au contraire pour revenir aux sources. Dans cette *Énéide* inversée, où un descendant de Libanais tente à sa manière de remonter le courant phénicien, de Phocée à Byblos, j'ai cru voir poindre une autre façon de refuser le monde tel qu'il était, et peut-être tel qu'il est encore.

En 2013, mon père a reçu un diagnostic d'une maladie incurable. Il a tout juste eu le temps, avant les ravages de la maladie, de retourner une dernière fois sur son voilier, le vieux *Île Saint-Louis*, et de le vendre. Puis il est revenu, et mis à part un voyage organisé – forme qu'il a méprisée tout au cours de son demi-siècle d'odyssées – plus jamais n'a-t-il fait ses bagages. Son rêve de nous réunir tous au mont Sinaï pour la Noël n'a pas pu prendre forme. Le mien, c'était de refaire son périple européen en sa compagnie, pour le poursuivre jusqu'à Beyrouth cette fois.

La maladie était venue tuer dans l'œuf ce projet : malheureux celui qui comme Télémaque n'a pu faire un beau voyage avec son père ! Jusqu'au jour où je tombai sur les cent cartes postales conservées précieusement dans des albums de famille, disposées comme des photographies. Je me souvenais les avoir déjà vues, et même déjà retournées : j'y avais décollé les timbres à la vapeur, pris d'une frénésie philatélique, adolescente et éphémère. Mais je n'avais jamais prêté attention à leur contenu.

Cette découverte a permis au rêve de se réaliser enfin : grâce aux cartes postales, j'ai passé douze mois à rouler avec mon père, le vieux monde derrière nous. Passager fantomatique, je me suis serré fort contre son corps pour ne pas tomber dans les virages, sentant son odeur et la faisant mienne, percevant son cœur battre à tout rompre, à l'unisson du mien, mêlant les années passées, les vies écoulées, les exils subis, l'amour infini d'une femme, la route qui nous transforme ou plutôt nous révèle à nous-mêmes.

Je lui avais demandé, il y a quelques années, d'où lui était venue cette idée de longer la Méditerranée, d'ouest en est, celle-là même que mon grand-père m'avait pointée du doigt quand j'avais trois ans, en me disant : « Regarde la mer, Olivier ! » « La mère de qui ? » avais-je demandé. « De nous. Notre mère à nous tous. » Mon père m'avait répondu : « Pour me rendre jusqu'aux confins de l'Europe, et aux portes de l'Orient. De là, je n'ai pas été capable de poursuivre. Mais tout au long de mon voyage, j'ai pu regarder, sur ma droite, par-delà notre mer, l'Égypte et le Liban. » Il aurait pu tout autant dire l'enfance, ce pays où l'on ne retourne jamais.

NORD COMPO
multimédia

Composition et mise en pages
Nord Compo à Villeneuve-d'Ascq

Achevé d'imprimer en avril 2024
par Normandie Roto Impression s.a.s.
61250 Lonrai
N° d'impression : 2401845
N° d'édition : 638067-0
Dépôt légal : août 2024

Imprimé en France